新文法女王秘密筆記
101個棘手但你一定要搞懂的關鍵字彙

Grammar Girl's *101* Troublesome Words
You'll Master in No Time

蜜妮安‧福格蒂 **Mignon Fogarty** ── 著

林錦慧 ── 譯

前言

　　英文一直不斷在演變，因此會出現一些看似錯誤的字詞，並困擾著我們。有些人堅持舊有用法才是正確的，也有些人採取新用法卻不了解這些字其實是有爭議的。不管你喜不喜歡，英文之所以會演變，原因之一就是「誤解」和「錯誤」在很多人的腦海裡扎根，積非成是。

　　另外還有些情況是，我們根本就沒有規則可循。有些字有兩種可接受的拼法或是兩種過去式型態，有時候專家們也會採取「這個用法比較好，不過那種用法也沒錯」的態度，這對於只想知道自己的論文或電子郵件該怎麼寫的人來說，很無所適從。

　　最後一點，有些字好難搞懂，讓人好希望規則能統一改定，不過當然不可能。

　　在本書中，我舉出了許多這類讓人惱怒的字（其中大多未收錄在我其他書裡，因為太棘手了），我也做了判斷，明確說明該用哪些才不會覺得有錯，而哪些應該盡量避免。也許你不見得會同意我做的每一個選擇，不過至少我清楚做了選擇。就本書所舉出的 101 個難解例子而言，我發現大多數人都希望有人可以做些研究、評估一下各個選項，然後做出建議。

蜜妮安‧福格蒂

目錄

目錄

Addicting

令人上癮的

☑ 棘手棘手問題在哪裡

Addicting 有時可跟 addictive 互相替換。

一般作者會用 addictive 的地方,在部分技術性或醫學類書籍中會用 addicting,例如:Parents are told these drugs are not addicting.（父母被告知這些藥物並不會令人上癮。）儘管如此,要形容很難戒除的事物,addictive 還是比較常用的字眼。

☑ 棘手單字怎麼用

如果要形容你對某個名詞（例如藥物、電玩、食物、情人）有某種不健康的、幾乎戒除不了的沉迷,還是使用 addictive 比較好。

Joe Fox: Do you know what? We are going to seduce them. We're going to seduce them with our square footage, and our discounts, and our deep armchairs, and...

Joe Fox, Kevin: Our cappuccino.

Joe Fox: That's right. They're going to hate us at the beginning, but...

Joe Fox, Kevin: But we'll get 'em in the end.

Joe Fox: Do you know why?

Kevin: Why?

Joe Fox: Because we're going to sell them cheap books and legal **addictive** stimulants. In the meantime, we'll just put up a big sign: "Coming soon: a FoxBooks superstore and the end of civilization as you know it."

喬・福克斯：你知道嗎？我們要引誘他們，我們要引誘他們，用我們的大空間、用我們的折扣、用我們舒服的扶手椅、用……

喬・福克斯和凱文（異口同聲）：用我們的卡布奇諾咖啡。

喬・福克斯：沒錯，一開始他們會恨我們，可是……。

喬・福克斯和凱文（異口同聲）：可是我們最終會收服他們。

喬・福克斯：你知道為什麼嗎？

凱文：為什麼？

喬・福克斯：因為我們要賣給他們便宜的書籍以及會叫人上癮的合法興奮劑。在這之前，我們只要立起一個大大的看板：「福克斯超級書店即將開幕，你所知的文化也即將終結。」

——電影《電子情書》（*You've Got Mail*）
湯姆・漢克斯（Tom Hanks）飾演喬・福克斯（Joe Fox）
戴夫・夏佩爾（Dave Chappelle）飾演凱文（Kevin）

如果要形容某事物或人主動讓人上癮，這時才用 addicting。

Should cocaine moms be prosecuted for **addicting** their babies?

那些吸食古柯鹼而讓自己的寶寶染上毒癮的媽媽應該被起訴嗎？

——《Jet》雜誌頭條（*Jet* Magazine headline）

African American
非洲裔美國人

☑ 棘手問題在哪裡

人們常常搞不清楚 African American（非洲裔美國人）和 black（黑人）這兩個名稱有什麼不同。

一般人對於有色人種的稱呼一直隨著時間在改變，未來也很可能有變；而現在，黑人族群大多認為 African American 和 black 都算是尊重的稱呼。

African American 要大寫，black 要小寫，除非是用於組織名稱，例如 Congressional Black Caucus（眾議院黑人小組）[1]。

美聯社[2]（Associated Press）建議要加連字符號：African-American。不過《芝加哥寫作格式手冊》（*The Chicago Manual of Style*）[3] 建議，不管是哪個國籍，一律以複合字的方式書寫：African American、Italian American、Chinese American 等等。

最後一點，African American 比 black 稍微正式一些，選字的時候可把這一點納入考慮。

☑ 棘手單字怎麼用

如果要指稱非洲後裔的美國人，就用 African American 或 black。如果你要形容的人是來自其他國家，就用其他適當的詞彙，例如 Caribbean American（加勒比海裔美國人）。

Opening tomorrow in New York, the documentary film White Wash explores the history of **black** surfing in America, painting a contrast to the global sport that is dominated by white males.

《掩蓋真相》（*White Wash*）[4] 將於明天在紐約首演，這部記錄片探索美國黑人衝浪的歷史，與這項由白人男性主導的全球運動形成一種對比。

——《今日美國報》（*USA Today*）
詹姆斯·蘇利文（James Sullivan）

African American men living in areas with low sunlight are up to 3.5 times more likely to have Vitamin D deficiency than Caucasian men and should take high levels of Vitamin D supplements.

住在陽光不足地區的非州裔美國人男性，比白種人男性有多達三點五倍的可能出現維生素 D 缺乏，應該服用高劑量的維生素 D 補充劑。

——西北大學新聞稿（Northwestern University press release）

---

1 美國眾議會的非裔成員代表所組成的組織，大多是民主黨成員，旨在維護非洲裔國民的權益。

2 美國聯合通訊社（Associated Press）為美國最大的通訊社，有其新聞出處的龍頭地位，其客觀性而中立的報導被業界所公認，甚至已成為新聞寫作的標準。

3 由芝加哥大學出版社（University of Chicago Press）所發行，為一本評價極高的美式英語格式指南，説明許多格式及少數慣用法的問題，美國出版界視其為文字格式的最高標準守則。

4 中名為直譯名稱。該片是 2011 年上映的紀錄片，以非裔美籍的衝浪者為故事背景，探討美國國內種族的衝突和互動。

Aggravate

惡化‧激怒

☑ 棘手問題在哪裡

　　有些專家建議，要表示「使人惱怒」、「令人不愉快」的意思時，要避免使用 aggravate，不過這種用法很普遍，也有其悠久歷史。

　　Aggravate 源自拉丁文，意思是「使得更重」，就是因為這個字源，才有人認為 aggravate 只能用來代表「使惡化」、不能代表「使人惱怒、激怒」。在拉丁文裡，aggravate 的意思是使東西更重，而不只是重而已，換句話說，就是更糟糕。不過，一般人幾乎馬上就把這個字用來表示「使人惱怒、激怒」的意思。

　　形容詞 aggravating 甚至更強烈帶有「惹惱人的」、「引起惱怒的」意思，你會發現，其實 aggravating 比較常用於這個意思。

Ignorant people think it's the noise which fighting cats make that is so **aggravating**, but it ain't so; it is the sickening grammar that they use.

無知的人以為是打架的貓製造的噪音令人惱怒，其實不然；真正惱人的是他們使用的噁心文法。

——《浪跡海外》（*A Tramp Abroad*）
馬克‧吐溫（Mark Twain）著

☑ 棘手單字怎麼用

在正式場合或是要特別堅持時，就不要用 aggravate 來形容「激怒」。

I know you have an innate talent for rubbing people the wrong way, Jack, but why for the love of God would you **aggravate** the vice president?

傑克，我知道你天生就有把人惹火的本事，不過你幹嘛要惹火副總？

──電影《明天過後》（*The Day After Tomorrow*）
薩夏・羅伊茲（Sasha Roiz）飾帕克（Parker）

※ 用 irritate 來取代 aggravate 會是比較好的選擇，除非這位副總早就已經發火了。

用形容詞 aggravating 來代表「使人惱怒的」，比用動詞 aggravate 來形容「激怒」更安全一些，不過還是有人不以為然。

快速記憶撇步

如果在收看最愛的犯罪影集時，聽到警察說 aggravated assault（重傷害攻擊），就要提醒自己，aggravated assault 是比一般攻擊更嚴重的襲擊或人身侵犯，就如同 aggravating comment 是讓他人情緒或處境更加惡化的言論。

Alright

沒問題

☑ 棘手問題在哪裡

幾乎所有字彙用法書都不建議使用 alright，不過這個字偶爾還是會出現在德高望重作家的著作裡，語言專家以外的人也大多認為使用這個字無妨，或甚至偏好這樣的拼法。

《牛津英文字典》（*Oxford English Dictionary*）[5] 裡頭說：alright 為「all right 慣常的拼法」（frequent spelling *of all right*），雖然並沒有直接點名 alright 有錯，不過話裡有這個意思。《哥倫比亞大學標準美式英文指南》（*The Columbia Guide to Standard American English*）寫的就比較清楚：「All right 是本書唯一認可的拼法。」（All right is the only spelling standard English recognizes.）

去追溯這個字的演變歷史也沒什麼幫助。根據《韋氏英文用法字典》（*Merriam-Webster's Dictionary of English Usage*）[6]，最早時，一個字「ealriht」和兩個字「al rizt」的拼法都有。

隨著節省空間的壓力漸增（傳簡訊或報告最新現況時，都需要盡量節省文字空間），alright 非但不會被淘汰，還可能會逐漸蔚為風潮。「節省空間」的論點並不算新，早期提倡以 alright 取代 all right 的人便提到，傳訊息時使用 alright 可節省成本。

除非《芝加哥寫作格式手冊》和《美聯社寫作格式書》（*AP Stylebook*）等等高人氣英文用法書認可 alright，否則這個拼法還是會被大多數專業書籍排除在外。不過，有個值得注意的跡象，GoodRead.com[7] 裡頭收錄的名言語錄當中，雖大多的語錄都是由程度中上的讀者自行抄錄，但不難發現都以 alright 來取代 all right。我個人預測 alright 最後會勝出。

☑ 棘手單字怎麼用

堅持使用 all right，除非你想加入目前仍屬邊陲的「將 alright 正當化」陣營。

Is Bill **alright**?... Cowley thinks I'm a Simple Simon. I'm a fool **alright**.

比爾還好嗎？……考利認為我是頭腦簡單的賽門[8]，沒錯，我就是個笨蛋。

——傑克‧凱魯亞克（Jack Kerouac）寫給艾倫‧金斯堡（Allen Ginsberg）彼得‧歐羅夫斯基（Peter Orlovsky）、艾倫‧安森（Alan Ansen）、威廉‧柏洛茲（William S. Burroughs）等人的私人信件

---

5 《牛津英語詞典》（*Oxford English Dictionary*）為牛津大學出版社出版的詞典，公認為最具權威的英語詞典之一。

6 《韋氏英文用法字典》（*Merriam-Webster's Dictionary of English Usage*）為美國英文字典的始祖，推出時統整了美國的語言文化，為全球最具公信力的英文字典之一。

7 知名書評推薦網站，可瀏覽書評、引言和介紹，也可和加入會員的朋友討論並分享關於書籍的資訊。

8 源自一首英文歌謠，Simple Simon 在英文指頭腦簡單的傻瓜、笨蛋。

Alternate

替代的

☑ 棘手問題在哪裡

堅持遵循傳統用法的人有時認為，alternate 和 alternative 這兩個形容詞是有所不同的。

雖然有些寫作指南書努力將 alternate 和 alternative 做區隔，不過大多數仍承認這兩個形容詞都可以用來代表「代替的」。Find an alternate route. 和 Find an alternative route.（找到一條替代路線。）這兩種寫法都可以。

不過，如果要形容人或事件「輪流」，就只有 alternate 是正確的：Mr. Brown has his son on alternate Saturdays.（布朗先生每隔一個週六會跟兒子一起度過。）要用名詞時，也只有 alternate 是正確的，例如：He was an alternate on the jury.（他是陪審團成員的替補人選。）

☑ 棘手單字怎麼用

別苦惱，如果要講「替代的」，使用 alternate 和 alternative 都可以，至於其他用法，大部分英文母語人士應該很容易判斷，知道該怎麼用。

Burton "Gus" Guster: How should we introduce ourselves? Don't say "psychic." They'll shut you off. Pick something vague, like **Alternative** Tactics Division.

Shawn Spencer: How about the Bureau of Magic and Spell Casting?

波頓・葛斯特：我們應該怎麼介紹自己？不能說「靈媒」，他們會把我們拒於門外，要用籠統模糊一點的說法，譬如「另類戰術部門」。

尚・斯班瑟：那就用「魔法咒語局」怎麼樣？

——電視影集《靈異妙探》（*Psych*）
杜爾・希爾（Dulé Hill）飾演葛斯特
詹姆斯羅德（James Roday）飾演尚

Penny: What is he doing?

Leonard Hofstadter: It's a little hard to explain. He's pretending to be in an **alternate** universe where he occupies the same physical space as us, but cannot perceive us.

Sheldon Cooper: Oh, don't flatter yourself. I'm just ignoring you.

佩妮：他在幹嘛？

李奧納德・霍夫斯達特：有點難解釋。他假裝正在另一個替代宇宙裡，跟我們佔據一樣的實體空間，不過察覺不到我們的存在。

薛爾登・庫柏：喔，你別臭美了，我只是不想理你。

——電視影集《生活大爆炸》（*The Big Bang Theory*）
凱莉・庫科（Kaley Cuoco）飾演佩妮
約翰・葛萊奇（John Galecki）飾演李奧納德
吉姆・帕森斯（Jim Parsons）飾演薛爾登

Alternative

另一選項

☑ 棘手問題在哪裡

有些人說，alternative 只能用於有兩個選擇的情況下。

Alternative 的拉丁字根為 alter，意思是「兩者當中的另一個」或「另一個」，有鑑於如此的詞形變化，十九世紀有些用字專家開始建議 alternative 只能用於有兩個選項時，有三個以上選項就不能使用。不過，現代很少有考證資料支持這種論點，《韋氏英文用法字典》就指出，這種看法太過極端，已達到盲目或迂腐的地步。

☑ 棘手單字怎麼用

有三個或三個以上選項時，就放心使用 alternative，除非你是要寫給堅守那種過時規則的人看的。

[L]ibraries should be open to all—except the censor. We must know all the facts and hear all the **alternatives** and listen to all the criticisms. Let us welcome controversial books and controversial authors. For the Bill of Rights is the guardian of our security as well as our liberty.

圖書館應該開放給所有人，只有審查人員例外。我們必須要知道所有事實，必須聆聽其他所有選項、批評。讓我們歡迎有爭議的書籍、有爭議的作者，因為「人權法案」不僅守護著我們的自由，也守護著我們的安全。

——美國總統約翰・甘迺迪（John F. Kennedy）
發表於《週六評論》（*Saturday Review*）

American

美國人

☑ 棘手問題在哪裡

如果要用一個字來指稱「美國公民」，只能用 American 這個字，不過嚴格說起來，American 應該是指「住在北美、中美或南美的任何人」。

早在美國建國之前，美國人民就一直自稱為 American，就連要詆毀美國人也是用 American 一詞。因此，儘管美洲大陸上的所有人民其實都叫做 American，不過身處美國和歐洲的人們提到 American 一詞時，指的還是「美國公民」，因為這個字一般而言是這麼定義的。

☑ 棘手單字怎麼用

儘管這個字有上述問題，不過還是請用 American 來指稱「美國公民」，沒有其他更好的字可選了，放膽使用吧，別有罪惡感。

The Constitution only guarantees the **American** people the right to pursue happiness. You have to catch it yourself.

憲法只保證美國人民有追求幸福的權利，但幸福要靠自己去抓住。

——班傑明·富蘭克林（Benjamin Franklin）

Ax

斧頭

☑ 棘手問題在哪裡

這種用於砍劈木頭的工具有兩種拼法：ax 和 axe。

標準美式拼法是 ax，標準英式拼法是 axe。在電視上大肆廣告的 Axe 香體噴霧劑是由一家英國公司所製造，最早在法國上市。

如果想在英國人面前覺得有優越感，《牛津英文字典》中表示，從「字源、音韻學、類比」的多重角度來看，ax 的拼法優於 axe。

☑ 棘手單字怎麼用

在美國，就用 ax 這個字。

In this country people don't respect the morning. An alarm clock violently wakes them up, shatters their sleep like the blow of an **ax**, and they immediately surrender themselves to deadly haste. Can you tell me what kind of day can follow a beginning of such violence?

在這個國家，人們並不重視早晨。鬧鐘激烈地喚醒他們，有如斧頭的重擊般擊碎他們的睡眠，然後他們馬上臣服於極度的匆忙之中。你是否能告訴我，從這麼暴亂的開始而展開的一天，會是什麼樣子？

——《告別圓舞曲》（*Farewell Waltz*）
米蘭·昆德拉（Milan Kundera）著

Back

返回

☑ 棘手問題在哪裡

Back 常常是多餘的贅字,譬如片語 refer back(交回)[9]。

由於 re 這個字首的意思就是 back(返回),例如 retreat(退回)、revert(回復)、reply(回覆)、respond(回答),在這些字的後面再加上 back 就顯得多餘。此外,re 也可以代表 again(重新)的意思,例如 repeat(重複)一詞即為此意。

不過,在某些情況下,加了 back 還是會稍微改變句子的意思,比方說,以下引用了《大亨小傳》一書中的句子,而其中 retreat back 一詞所傳達的意思,就如同兩個怪獸短暫從藏身之處出來,然後又回到原處。

☑ 棘手單字怎麼用

如果拿掉 back 並不會改變意思,那就放心拿掉,如 refer back 一詞就可這麼做。

They were careless people, Tom and Daisy—they smashed up things and creatures and then retreated **back** into their money or their vast carelessness, or whatever it was that kept them together, and let other people clean up the mess they had made.

他們是淡漠的人，湯姆和戴絲——他們毀滅了事與人，然後再退回他們的錢堆裡，或退回他們無盡淡漠之中，或是退縮回能讓他們在一起的那些事物之中，然後讓他人清理他們留下的爛攤子。

——《大亨小傳》（*The Great Gatsby*）
史考特·費滋傑羅（F. Scott Fitzgerald）著

---

9 動詞 refer 即有「提交」、「交付」之意，故此處指 back 為贅字。

Beg the Question
避重就輕

☑ 棘手問題在哪裡

很少看到有人把 beg the question 用得正確。

Beg the question 一詞出自一般的邏輯，如果用 beg the question 來例舉，就是指一個人提出論點時，只是陳述出某前提為真，但並沒有證明該論點為真。這個前提有可能跟結論根本就毫無關係，而結論也可能跟前提一樣，只是轉個彎、換個說法而已，並不正面回答問題。

Beg the question 等同於 raise the question（提出問題）或 beg that I ask the question（請容我發問）。

舉個例子，史規葛理（Squiggly）[10] 想要說服阿德法克（Aardvark）[11]，讓他相信巧克力是健康的食物，史規葛理如果說「因為巧克力有益健康，所以是健康食物」，史規葛理就是在 beg the question，他並沒有證明巧克力是健康的，只是換個說法來表達「巧克力是健康的」的論點而已。其實，他就是在請求（beg）聽者把「巧克力是健康的嗎？」這個問題（question）當成「巧克力是健康的」的這個結論。辯論的時候，如果有人在 beg the question，就是指他們的論點建立在一個不周全的前提之上。

以下就是 beg the question 一個常見的錯誤用法：

Being president of this country is entirely about character. For the record: yes, I am a card-carrying member of the ACLU. But the more important question is why aren't you, Bob? Now this is an organization whose sole purpose is to defend the Bill of Rights, so it naturally **begs the question**: Why would a senator, his party's most powerful spokesman and a candidate for president, choose to reject upholding the Constitution?

做這個國家的總統完全跟性格有關。我鄭重聲明：是的，我是美國公民自由聯盟的正式會員，不過更重要的問題是，為什麼你鮑伯不是？現在這是一個以捍衛人權法案為唯一目標的組織，所以自然引發一個問題：為什麼一個參議員，又身為他所屬政黨最有權力的發言人和總統候選人，會選擇拒絕維護美國憲法？

——電影《白宮夜未眠》（*The American President*）
麥克・道格拉斯（Michael Douglas）飾演
總統安德魯・薛普德（Andrew Shepherd）

☑ 棘手單字怎麼用

　　要重新找回 beg the question 的傳統正確意思無異於緣木求魚，不過雖然幾乎沒人看得出來，還是沒有理由誤用，所以，如果要說「引發問題」或「請求我發問」，就請用 raise the question 或 beg that I ask the question。

---

10 Squiggly 一字指「彎彎曲曲地」或「潦草書寫」。

11 Aardvark 一字指「非洲食蟻獸」或「土豬」。

Bemused

困惑的

☑ 棘手問題在哪裡

大家常混淆 bemused 及 amused（愉快的）二字。

Bemused 的意思是搞不清楚的、困惑的、被難倒的，跟娛樂（amusement）或幽默（humor）一點關係都沒有。用這個字來形容一個人酒醉糊塗，或是在酒中找到靈感泉源，十八世紀的詩人亞歷山大·波普（Alexander Pope）是第一人。

☑ 棘手單字怎麼用

就把 bemused 當作和 befuddled（迷糊不解的，糊里糊塗的）差不多的意思吧！只有要形容一個人困惑、搞不清楚狀況時才用。如果文章的上下文讓人納悶，到底是在指 amused（被逗樂的）還是 confused（困惑的），就避免使用 bemused 一字。

Draco was on the upper landing, pleading with another masked Death Eater.
Harry Stunned the Death Eater as they passed: Malfoy looked around, beaming, for his savior, and Ron punched him from under the cloak. Malfoy fell backward on top of the Death Eater, his mouth bleeding, utterly **bemused**.
"And that's the second time we've saved your life tonight, you two-faced bastard!" Ron yelled.

跩哥馬份人在上層平台，懇求另一個蒙面的食死人。

食死人經過的時候，哈利把他們打昏，馬份面露喜色環顧四周尋找救星，榮恩從斗篷之下伸手給了他一拳，馬份向後倒在食死人上面，嘴巴流血，完全搞不清楚狀況。

「這是我們今晚第二次救了你的命，你這個表裡不一的混蛋！」榮恩大吼。

——小說《哈利波特：死神的聖物》（*Harry Potter and the Deathly Hallows*）

J.K. 羅琳（J.K. Rowling）著

Between

介於……之間

☑ 棘手問題在哪裡

有些人認為，between 只能用於兩者之間。

一般廣為流傳的英文用法指南和課本都說，between 只能用於指稱兩個東西時，如果是兩個以上就要使用 among。

See, the only difference **between** a winner and a loser is character. Every man has a price to charge, and a price to pay.

看吧，贏家和輸家之間的唯一差別是性格。每個人都有個價碼可收，也有個代價要付。

——電影《X戰警：金鋼狼》（*X-Men Origins: Wolverine*）
泰勒・基奇（Taylor Kitsch）飾演雷米・勒鮑（Remy LeBeau）

雖然 between 的確要用於兩個選項之中，不過這個「規定」太過簡化，無法精確代表between 更廣泛、更有歷史淵源的用法。

☑ 棘手單字怎麼用

一般而言，between 常用於要在許多不同細目或人之間做選擇時，而英語母語人士也都很自然會如此使用（看看以下的例子如果用 among 會有多奇怪），現代的用法也認可這種用法。

Between Monica, Phoebe, Chandler and Ross—if you had to—who would you punch?

摩妮卡、菲比、錢德勒、羅斯四個人當中，如果非挑一個不可，你會揍誰？

——電視影集《六人行》（*Friends*）
麥特雷布蘭克（Matt LeBlanc）飾演喬伊・崔比亞尼（Joey Tribbiani）

I had a hard time choosing the right adjectives. I couldn't decide **between** childish, juvenile, and just plain old annoying.

我很難挑出正確的形容詞，決定不了該用「幼稚」、「不成熟」，還是乾脆用「討人厭」就好。

——電視影集《重返犯罪現場》（*NCIS*）
芳麗・瑞・米勒（Valarie Ray Miller）飾演
探員布琳・菲爾摩（Bryn Fillmore）

Billion

十億

☑ 棘手問題在哪裡

在美語中，billion 的意思有時跟其他英語國家有所不同。

信不信由你，在這世界上，billion 和 trillion 這種後面有很多 0 的數字有兩套算法，一是短尺規，一是長尺規。根據長尺規算法，billion 是 1,000,000,000,000（10^{12}，一兆），而根據短尺規算法，billion 是 1,000,000,000（10^9，十億）。英國傳統上都採用長尺規，美國人則是使用短尺規，真是混亂！

幸好，英國和其他許多國家在 1970 年代中期改用短尺規（the short scale），現在 billion 在所有英語系國家都代表同樣的意思，而歐洲國家如法國、德國、義大利、丹麥、芬蘭等目前仍使用長級差制尺規（the long scale）。

☑ 棘手單字怎麼用

現在，你可以安心把 billion 當成 1,000,000,000（十億）來用，不過，如果閱讀古老或翻譯的文件時，要注意文章是出自何國，還要記得 billion 有可能代表 1,000,000,000,000（一兆）。Billion 如果用複數（billions），通常也用來比喻多到不可計算的數量。

I know this will come as a shock to you, Mr. Goldwyn, but in all
history, which has held **billions** and **billions** of human beings,
not a single one ever had a happy ending.

高德溫先生，我知道這對你是一大衝擊，不過在所有歷史上，歷經了數不
清又數不清的人類，從來沒有一個人有快樂結局的。

——《陶樂絲‧帕克：這是什麼鬼東西啊？》
（*Dorothy Parker: What Fresh Hell Is This?*）[12]
瑪麗安‧米德（Marion Meade）著
出自陶樂絲‧帕克（Dorothy Parker）與
山姆‧高德溫（Sam Goldwyn）[13] 之間的對話

---

12 作者瑪麗安米德在此書中，記錄了身兼美國詩人、劇作家、新聞工作者的陶樂絲帕
克的生平事件。

13 美國好萊塢的知名電影製片人。

Biweekly

兩週一次的

☑ 棘手問題在哪裡

字首 bi- 可以代表「二」和「兩次」的意思。同理可證,如 bicycle(腳踏車)有兩個輪子,bifocals(雙焦點眼鏡)有兩個鏡片,只是 bi- 加上 weekly 之後,可以代表「兩週一次」,也可以代表「一週兩次」。

問題在於,不只是人們常會搞不清楚或誤解,就連字典對 biweekly 的定義也的確有雙重的意思:每兩週一次(every two weeks),一週兩次(twice a week)。

☑ 棘手單字怎麼用

要捨棄字彙不用,真是一件叫人難過的事,不過最安全的選擇就是少用 biweekly 和 bimonthly 為妙,就改用 twice a week(一週兩次)或 every other week(每隔週一次)。

I was nothing if not determined; at least **twice a week** I would wear bright, pretty clothes. I was afraid if I didn't, I'd forget who I was. I'd turn into what I felt like: a grungy, weapon-bearing, pissy, resentful vengeance-hungry bitch.

要不是已下定決心,不然我什麼都不是;至少一週兩次,我會穿上鮮豔漂亮的衣服,我害怕如果沒這麼做的話,我會忘了自己是誰,會變成我所認定的那樣:一個邋遢、攜有武器、彆腳、心懷怨恨、渴望報仇的賤女人。

——《黯夜法則 3:夜之罪》(Faefever)
凱倫・瑪麗・莫霖(Karen Marie Moning)著

Yeah, like high school. It's easy to date there. I mean, we all had so much in common. Being monster food **every other week**, for instance.

是啊，就像高中時一樣，很容易就會有約會。我的意思是，我們的共同點太多，比方說每隔一週就會成為怪獸的食物。

——電視影集《暗夜天使》（*Angel*）
克麗絲瑪‧卡本特（Charisma Carpenter）飾蔻迪麗亞（Cordelia）

Bring and Take
帶來和帶去

☑ 棘手問題在哪裡

標準的文法規則不一定是正解。

一般來說，bring 和 take 是很容易選擇的。要表達把東西帶到你目前的所在位置，就用 bring（帶來），例如：Bring me cotton candy.（帶棉花糖來給我。）要表達把東西帶離你目前的所在位置，就用 take（帶去），如 Take away this broccoli.（把這棵花椰菜拿走。）一切都取決於地點。

不過，如果要表達未來或一個無人的地點，這個規則就不管用了。應該要說 bring rum cake to the school bazaar（把蘭姆酒蛋糕帶來學校園遊會），還是 take rum cake to the school bazaar（把蘭姆酒蛋糕帶去學校園遊會）完全端視你所要強調的是什麼，也就是你想站在哪個角度說明。

如果要站在園遊會的角度，並強調學校，那就用 bring rum cake to the school bazaar（把蘭姆酒蛋糕「帶來」學校園遊會）；如果你要站在你家的角度，想強調你家廚房，那就用 take rum cake to the school bazaar（把蘭姆酒蛋糕「帶去」學校園遊會），也就是把重點放在「帶離你家」。

☑ 棘手單字怎麼用

　　要表達未來的時候，必須在 bring 和 take 擇一來用時，請想像在這假想情境中你身處哪個地點，再根據這個地點來挑選用字。

Dexter Morgan: Hey guys, I need your addresses for the wedding and I need to know if you're **bringing** dates.

Angel Batista: Can we **bring** just friends?

Vince Masuke: I never **bring** dates to a wedding. Best man always hooks up with the maid of honor.

Dexter Morgan: The maid of honor is Rita's daughter. She's ten.

戴克斯特摩根：嗨！兩位，我需要你們的地址，婚禮要用的，我還得知道你們要不要攜伴。

安裘巴提斯塔：我們可以帶普通朋友來嗎？

文斯馬蘇卡：我從來不攜伴參加婚禮，伴郎總是會和伴娘看對眼。

戴克斯特摩根：伴娘是麗塔的女兒，她今年才十歲。

——電視影集《夢魘殺魔》（*Dexter*）
麥可・霍爾（Michael C. Hall）飾演戴克斯特
大衛・扎亞斯（David Zayas）飾演安裘
李升熙（C. S. Lee）飾演文斯

※ 請注意，對話中的 bring 也可改用 take，只是強調的重點稍有改變。用 bring 的話，就試著想像他們人來到了婚禮現場；用 take 的話，就試想是人在家裡做準備或要去接他們的伴。

Cactus

仙人掌

☑ 棘手問題在哪裡

Cactus 有兩種複數寫法：cactuses 和 cacti。

Cactus 來自希臘字 kaktos，先成為拉丁文字，後來成為英文。

為了遷就標準英文語法中以 s 結尾的複數型態，一些英文中的外來字通常會喪失其原本的複數寫法，不過，原本的複數型態也會繼續存在，跟新的英文複數型態並存，或是存在於特定文章中，cactus 就是一例。雖然一般寫作普遍使用 cactuses，但是 cacti 仍然是植物類專業文章的主流用法。

☑ 棘手單字怎麼用

如果是用於園藝雜誌、苗圃、植物類文章，就用 cacti，其他情況則用 cactuses。

Those who have never visited the American Southwest tend to have some misconceptions. The most common one is that the whole place is a hot desert studded with saguaro **cactuses**.

沒去過美國西南部的人往往會有些誤解，最常見的一個誤解是：整個西南部都是炎熱的沙漠，巨型仙人掌散佈其間。

——《美國西南部旅遊指南》（*Frommer's American Southwest*）
萊絲莉・金恩（Lesley S. King）
唐・萊恩（Don Laine）
卡爾・山姆森（Karl Samson）

The propagation of **cacti** from seeds is one of those things which require an immense amount of patience. Most of these plants are naturally slow growers and the time needful to produce a flowering-size plant from seed would in many species be as much as the span of a man's life.

從種子開始，仙人掌的繁殖就是一件必須耗費大量耐心的事。這些植物大多天生就生長緩慢，許多品種從種子長成開花般的大小，所需時間可能長達人的一生那麼久。

— 《科學人》雜誌（*Scientific American*）
萊諾德‧巴斯汀（S. Leonard Bastin）

Celtic

凱爾特

☑ 棘手問題在哪裡

Celtic 語系包括 Breton（不列塔尼語）、Welsh（威爾斯語）、Irish（愛爾蘭語）、Scotch Gaelic（蘇格蘭蓋爾語）、Cornish（康沃爾語），講這些語言的「凱爾特人」通稱為 Celtic 或 Keltic。

雖然在美國比較常見的拼法是 Celtic，不過也看得到 Keltic 這種拼法，字典上也說這兩種都可以。

主張要拼法為 Keltic 的人所持的論點是，這個字來自希臘文 keltoi。可是，雖然希臘人所說的 Keltoi 可能是講 Celtic 早期語言的人，但 Keltoi 並不是指英國諸島（英國諸島才是一般公認的 Celtic），而是住在西歐一塊稱為高盧（Gaul）的大區域。

而主張要拼法為 Celtic 的人也有其所持論點，指出這個字並不是直接從希臘文進入英文，而是先進入法文才成為英文，而法文的寫法是 celtique。

這個字的拼法甚至在蘇格蘭也很混亂。蘇格蘭的格拉斯哥（Glasgow）有一支足球隊叫做 Celtic Football Club，可是蘇格蘭大部分人民還是比較喜歡稱呼自己是 Keltic。

☑ 棘手單字怎麼用

研究 Celtic 文化和語言的人很喜歡用 Keltic 這個拼法，也喜歡念成 [k]，而不是 [s][14]，如果他們聽到你不是用 Keltic，他們甚至會看不起你。不過在一般寫作中，Celtic 還是勝出，如果去美國波士頓看籃球賽或是到蘇格蘭格拉斯哥看足球比賽，記得要替 Celtics 加油[15]。

After the conquest, with the spread of Roman civilisation, Late **Keltic** art rapidly disappeared in the south of Britain, hitherto its chief centre; nevertheless, it persisted in Scotland and Ireland till the coming of Christianity, where and when it was used by the early Christians to decorate their monuments and metalwork, and to embellish their illuminated manuscripts.

征服成功之後，隨著羅馬文明的擴散，過去的凱爾特藝術在向來是凱爾特重鎮的英國南部快速消失，儘管如此，在蘇格蘭和愛爾蘭仍保存了下來，直到基督教進入，早期的基督教徒用凱爾特藝術來裝飾他們的紀念碑和金屬製品，還用來美化他們的泥金裝飾手抄本。

——《古代英國的生活》（*Life in Ancient Britain*）
諾曼‧奧特（Norman Ault）著

We Irish prefer embroideries to plain cloth. To us Irish, memory is a canvas—stretched, primed, and ready for painting on. We love the "story" part of the word "history," and we love it trimmed out with color and drama, ribbons and bow. Listen to our tunes, observe a **Celtic** scroll: we always decorate our essence.

我們愛爾蘭人喜歡在素色布料上刺繡。對我們愛爾蘭人來說，回憶是一張畫布，大大張開，塗上底色，等著被彩繪。我們喜歡 history（歷史）這個字當中的 story（故事），我們喜歡用顏色和劇情、緞帶和蝴蝶結來妝點歷史。聽聽我們的歌曲，看看凱爾特的畫軸，我們總是裝飾我們的本質。

——《蒂珀雷里：一本小說》（*Tipperary: A Novel*）
法蘭克・迪藍尼（Frank Delaney）著

---

14 Celtic 一般較常見有兩種唸法，一是 c 發 [s]，一是發 [k]。

15 波士頓的 NBA 代表籃球隊是賽爾提克隊（Celtics）。

Companies

公司

☑ 棘手問題在哪裡

Company 的代名詞應該用 who 還是 that？

Companies（公司）是由人所經營的實體。如果在對話中提到某家 company 採取某些行動，就有充分理由用 who 或 that 來作為代名詞，尤其美國法院已經判定，從法律角度來看，company 要看成人。不過，把 company 當成一個實體，代名詞用 it 和 that 還是比較普遍，例如：We want to buy stock in a company that makes hot air balloons.（我們想買一家製造熱氣球的公司股票。）

如果要強調公司某些行動或決策背後的人，就直接點出他們，用 who，例如：Floating Baskets was driven to bankruptcy by its senior directors who took too many expensive Alaskan joy rides.（漂籃公司被它的資深董事搞到破產，因為他們去了太多趟昂貴的阿拉斯加玩樂之旅。）

☑ 棘手單字怎麼用

用 it 和 that 來做為 company 的代名詞。

The move brought an end to Mr. Icahn's two-month fight to squeeze more value out of a century-old **company that** is facing tough competition from generics but which investors generally see as well run.

此舉動終結了艾坎先生兩個月來的奮鬥，他努力要從一家百年歷史的公司擠出更多價值，這家公司面臨學名藥廠商的嚴酷競爭，但是一般投資人卻認為公司經營良好。

——《華爾街日報》（*The Wall Street Journal*）
保羅·李歐布羅（Paul Ziobro）

Couldn't Care Less
毫不在乎

☑ 棘手問題在哪裡

人們常會說 could care less，但是按照邏輯來說，他們真正的意思其實應該是 couldn't care less（一點都不在乎）。

I couldn't care less 這句話源自於英國，在 1950 年代流傳至美國，而比較不合邏輯的 I could care less 說法大約在十年後出現於美國。

1990 年代初期，知名的哈佛語言研究學者史蒂芬·品克（Stephen Pinker）主張，人們用 could care less 是在諷刺或挖苦。還有其他語言學家認為，講話比較含糊不清的人很自然會把 couldn't 的尾音往下降，好像省略了一樣。

不管人們用 could care less 的理由為何，這種說法已經因為不合邏輯，而成為語言上一個令人不快的常見小毛病。Could care less 的意思是還有 care 的空間，而這似乎並不是說話者的本意。Couldn't care less 仍然是形諸文字時的主流用法，不過自從 1960 年代首度出現以來，could care less 已經越來越流行。

☑ 棘手單字怎麼用

請繼續堅持使用 couldn't care less 用法。

042

Juliet O'Hara: Guess what today is.

Carlton Lassiter: It's not one of those touchy-feely holidays invented by card companies to goad me into buying a present for someone I **couldn't care less** about, is it?

茱麗葉‧歐哈拉：猜猜今天是什麼日子。

卡爾頓‧萊賽特：反正不是卡片公司創造出來要刺激我購買禮物、送給我毫不在乎的人的煽情日子，對吧？

──電視影集《靈異妙探》（*Psych*）
梅姬‧蘿森（Maggie Lawson）飾演歐哈拉
提摩西‧阿曼森（Timothy Omundson）飾演萊賽特

Data

数據

☑ 棘手問題在哪裡

Data 是單複數同形的名詞。

data 在拉丁文是複數,但是在英文比較常用做單數名詞。《牛津英文字典》把單數跟複數的定義都收錄進去,只不過書中有特別編註:在拉丁文,單數是 datum,複數是 data。

如果堅持把 data 當成複數也不會遭人批評,不過,the data is compelling 還是比 the data are compelling 常見於新聞報導,把 data 當成複數會讓讀者覺得怪怪的。

☑ 棘手單字怎麼用

《嘉納現代美語用法》(*Garner's Modern American Usage*)說 data 是個狡猾的字,怎麼用都不對,不管是當成單數或複數都有麻煩,所以要盡量避開麻煩,比方說改用 data point 或 information。

在一般寫作中,如果要用 data 來代表「用科學方法收集的整體資料」,data 就可以用單數,不過若是科學文章寫作,就得把 data 當複數來用。

Remember the cell phone that was never used? Well, it was used. Only all the **data** was hard-erased.

記得那支從沒用過的手機嗎？其實已經用過了，只是所有的資料都難以消除。

——電視影集《重返犯罪現場》（*NCIS*）
寶莉‧培瑞特（Pauley Perrette）飾演艾比‧西猶塔（Abby Sciuto）

※ information 在此會是比較保險的用字選擇。

Few weather stations dot remote and high-altitude locales and where they do exist their **data** are often incomplete.

很少有氣象站位於偏遠和高海拔處所，就算真的有，資料也往往不完整。

——《國家地理雜誌》（*National Geographic*）
布萊恩‧漢沃克（Brian Handwerk）

Decimate

大批滅亡

☑ 棘手問題在哪裡

有些人堅信，這個字的字首是 deci，所以該字也就只有一個意思：減少百分之十 [16]。

相較於上述這些人對秩序的關注，羅馬軍隊對正義之事較為堅持，decimate 這個字就來自羅馬軍隊懲罰逆徒的方式：用抽籤的，百分之十抽到厄運籤的人就要被其他百分之九十的同袍殺害。Decimate 的字源是拉丁文的 tenth（十分之一的，第十個的）一字，同樣來自這個字源的字還有 decimal（十進位的）和 decimeter（十分之一公尺，公寸）。

正因為這個字源，有些人就認為 decimate 只能用於形容「減少整整十分之一」。不過專家可不這麼認為，《韋氏英文用法字典》就特別註明：在英文裡，decimate 從沒這麼用過。雖然《牛津英文字典》裡頭有收錄「減少百分之十」這個定義，但是並沒有例句，這是很不尋常的現象。《韋氏英文用法字典》的編輯們認為，《牛津英文字典》之所以收錄此定義，只是為了把現今的標準英文定義，即「a massive or severe reduction」（大量或劇烈的減少），連結上述的羅馬軍隊歷史典故。

☑ 棘手單字怎麼用

要形容大量淘汰或損失時，請放心使用 decimate。由於字源的關係，decimate 特別適合用於形容軍隊龐大傷亡，只要是任何大規模的損失都可以用。不過要小心，別用來形容徹底、一個也不剩的損失，這種用法是不對的。

Who, in the midst of passion, is vigilant against illness? Who listens to the reports of recently **decimated** populations in Spain, India, Bora Bora, when new lips, tongues and poems fill the world?

在一片激情中，有誰對疾病提高警覺？當新的口語、方言、詩作充滿世間，有誰聽到最近在西班牙、印度、波拉波拉島大批人口死亡的報告？

——《纖弱的可食禽類：以及其他故事》
（*Delicate Edible Birds: And Other Stories*）
蘿倫・葛洛芙（Lauren Groff）著

---

16 deci- 就代表「十分之一」的意思。

Dialogue

對話

☑ 棘手問題在哪裡

「對話」有兩種廣泛的拼法 dialog 及 dialogue，很多人反對這個字當動詞的新用法。

雖然 dialog 是一般人可以接受的拼法，不過 dialogue 在日常用法中較為普遍。

這個字真正的爭議，在於 dialogue 到底可不可以當動詞用，意指「講話」或「交換想法」。這種用法雖已經存在幾百年了，但似乎是最近幾十年才在商業圈變成一種時髦用法，雖然 dialogue 這麼使用並沒有錯，不過仍被批評只能作為行話使用，或只是一時的流行用法而已。

☑ 棘手單字怎麼用

避免把 dialogue 當動詞用，除非你身邊的人常常這麼用，這種用法不算錯，可是可能會被認為是惹人厭或做作的人。

Real life is sometimes boring, rarely conclusive and boy, does the **dialogue** need work.

現實生活有時很無聊，很少沒有疑義的，對話需要努力才行。

——愛爾蘭作家莎拉‧瑞絲‧布列南（Sarah Rees Brennan）

In coming months, Texas airports will continue **dialoguing** with each other to learn ways to best serve the public and the communities that depend on commercial air service.

未來的幾個月，德州各機場將會持續其彼此之間的對話，以找出最佳的服務方式，對依賴商業航空服務的大眾與團體提供服務。

——休士頓機場系統新聞稿（Houston Airport System press release）

※ 採用 communicating 來表示「對話」會是較好的選擇。

Dilemma

兩難

☑ 棘手問題在哪裡

有些寫作指南指出 dilemma 只能用來形容要在兩個都不想要的選項中作選擇，不過有個比較廣義的用法也很普遍。

Dilemma 的字首 di- 意指 two（二）或 double（雙），因此有人認為 dilemma 只能用來形容要在兩個選項中作選擇，美聯社和《嘉納現代美語用法》也支持這種看法，甚至進一步說：dilemma 只能用於兩個都不想要的選項。

不過，《嘉納現代美語用法》也承認其他用法「非常普遍」。《韋氏英文用法字典》和《哥倫比亞大學標準美式英文指南》都指出，只要是身陷困境就可以用 dilemma 來形容，《美國傳統當代英語用法詞典》（*The American Heritage Guide to Contemporary Usage and Style*）則是採取折衷立場。那到底該怎麼辦？（這樣的困境本身是否也是個 dilemma 呢？）

☑ 棘手單字怎麼用

除非你一定要遵照某一本指南，非得把 dilemma 用於兩個糟糕的選項，不然只要是形容身陷麻煩就可以用 dilemma 來形容，就算只有一個麻煩也可以，或是用 dilemma 來形容難以在兩個都想要的選項中作選擇也可以。話雖如此，如果用在兩個都不想要的選項，看起來會比較有學問一點，不然的話，要使用 dilemma 之前，請先想想用其他字眼是不是更恰當，例如 problem（問題）。

You see the **dilemma**, don't you? If you don't kill me, precogs were wrong and precrime is over. If you do kill me, you go away, but it proves the system works. The precogs were right. So, what are you going to do now?

你看得出這是個兩難，不是嗎？你要是不殺我，就代表先知錯了，預防犯罪計畫就玩完了；要是你真的殺了我，你可以脫身離開，但這也就證明這套系統是可行的。先知是對的。所以，你現在要怎麼做？

——電影《關鍵報告》（*Minority Report*）
湯姆・克魯斯（Tom Cruise）飾約翰・安德登（John Anderton）

※ 這樣的狀況是 dilemma 的完美用語範例。

There are two **dilemmas** that rattle the human skull. How do you hold onto someone who won't stay? And how do you get rid of someone who won't go?

有兩個令人頭痛的麻煩。怎麼留住不想留的人？又怎麼擺脫不想走的人？

——電影《玫瑰戰爭》（*The War of the Roses*）
丹尼・狄維托（Danny DeVito）飾蓋文（Gavin）

※ 在這裡用 problems（難題）、questions（問題）、quandaries（窘境）等詞比較好。

快速記憶撇步

有個方法可以幫助你記憶 dilemma 和其用於兩個選項的用法：只要記住 on the horns of a dilemma（進退兩難）這句成語，然後一邊想像德州大學的吉祥物，有兩隻大角的長角牛。

Done

好了

☑ 棘手問題在哪裡

有人說,不可以用 done 來代表 finished(完成的),除非是用在食物上,指「吃完了」。

好幾個世紀以來,done 都可用來代表 finished 的意思,可是二十世紀初開始出現反對的聲音,開第一槍的寫作指南也並沒有說明原因。根據《韋氏英文用法字典》的猜測,之所以會有這樣的反對聲浪,可能是因為這種用法是其源自「愛爾蘭、蘇格蘭、美國」而產生的偏見。

學校的教導普遍都「規定」不要把 done 用作 finished,不過沒有任何歷史範例、邏輯或現代的用法指南支持這項規定。

☑ 棘手單字怎麼用

不要害怕使用 done,只不過 finished 和 through 也都可以。

I'm cookie dough. I'm not **done** baking. I'm not **finished** becoming whoever the hell it is I'm gonna turn out to be. I make it through this, and the next thing, and the next thing, and maybe one day, I turn around and realize I'm ready. I'm cookies.

我是做餅乾的麵糰，還沒烤好，還沒變成不管會變成什麼的模樣，我要經歷這個階段才能變成那個模樣，然後再變成下一個東西，再變成下一個東西，或許有一天我轉過身明白，我已經準備好，我已經成為餅乾。

——電視影集《魔法奇兵》（*Buffy the Vampire Slayer*）
莎拉·米雪兒·蓋勒（Sarah Michelle Gellar）飾巴菲（Buffy）

Donut

甜甜圈

☑ 棘手問題在哪裡

Donut 是 doughnut 的簡略寫法。

顧名思義，doughnut 以字面上來解釋確實是指環（nut）狀的麵糰（dough）。根據《牛津英文字典》指出，當時筆名為迪德里奇尼克巴克（Diedrich Knickerbocker）的美國作家華盛頓・歐文（Washington Irving），在 1809 年首度提出這個名稱，他所形容的這種甜食比較接近我們現今所稱的 doughnut hole（甜甜圈球）[17]，而不是中空環狀的 doughnut（甜甜圈）。

大約在一百年後，donut 這個拼法出現，但此說法並沒有馬上盛行起來，不過，自從美國甜甜圈專賣店 Dunkin' Donuts 於 1950 年開業以來，這種拼法就開始穩定且廣泛使用開來。

☑ 棘手單字怎麼用

堅持使用 doughnut，除非你是要幫 Dunkin' Donuts 打廣告。

A paradox, the **doughnut** hole. Empty space, once, but now they've learned to market even that. A minus quantity; nothing, rendered edible. I wondered if they might be used—metaphorically, of course—to demonstrate the existence of God. Does naming a sphere of nothingness transmute it into being?

甜甜圈中間的洞是個矛盾。本來是空空的一個洞，但現在他們已經知道連那都可以行銷。缺陷的本質，什麼都不是，完全不能吃，我懷疑是不是會被用來證明上帝的存在，當然這只是個暗喻。替一個空無一物的範圍命名，是不是就能把它轉變成一種存在。

──《盲眼刺客》（*The Blind Assassin*）
瑪格麗特‧愛特伍（Margaret Atwood）著

---

17 為了做中空環狀造型，取出中間麵團所製成的迷你球型甜甜圈。

Do's and Don'ts
該做與不該做的事

☑ 棘手問題在哪裡

do's and don'ts 這兩個字的拼法並不一致。

一般來說，要寫複數時不需要用英文省略符號「'」，例如：CDs、1970s、hats，不過有少數例外，比方說如果要避免搞混就可以用，最常見的情況就是用於字母，如句子 mind your p's and q's（留意你的 p 和 q），我們若說「aardvark 這個字有三個 a」，即是「aardvark has 3 a's」，而非「aardvark has 3 as」，以免搞混。

Do's and don'ts 是特別罕見的例外。由於 don't 有「'」，會令人忍不住在寫 do 的複數時也用「'」，變成「do's and don'ts」，而又為了一致性，don't 的複數也應該比照辦理，於是就變成很醜的寫法「do's and don't's」。

相關的寫作指南和用法書並不認同 do's and don't's 這種作法。《芝加哥寫作格式手冊》和其他用法指南建議用 dos and don'ts，美聯社建議 do's and don'ts，《教唆熊貓開槍的「'」：一次學會英文標點符號》（*Eat, Shoots & Leaves*）[18] 則是建議用 do's and don't's。

☑ 棘手單字怎麼用

　　除非你的編輯不同意，不然寫書時就用 dos and don'ts；如果要登在報章雜誌或網站上則用 do's and don'ts；如果只是寫給自己看的，就隨便愛怎麼用就怎麼用。

Who better than a 16-year-old girl to help navigate the exhausting social networking world of love and the **do's and don'ts** of relationship statuses?

協助人們探索讓人精疲力竭的愛情社群網路世界，以及情感狀態該做與不該做的事，有誰會比一位十六歲的女孩還更適合？

　　　　　　　　　　　　——艾莉森·波拿古洛（Alison Bonaguro）
　　　　　　　　　　　　　　發表於 CMT.com[19] 網站

18　琳恩·特魯斯（Lynne Truss）所著之標點符號參考用書。

19　美國一個鄉村音樂的互動網站。

Drag

拖

☑ 棘手問題在哪裡

Drag 的過去式是 dragged，不過 drug 也是常見的寫法，尤其在美國南方。

Drag 是規則動詞，所以過去式是 dragged。英文偏愛規則動詞，不規則動詞也往往隨著時間逐漸「規則化」，例如 chide 的過去式本來是 chode（責備），但現在變成 chided。不過，drag 倒是發生了奇怪的現象，尤其在美國南部，當地人反倒開始用不規則的動詞形態 drug 取代規則的動詞形態 dragged 來當過去式。

☑ 棘手單字怎麼用

Drug 很明顯是某些方言的用法，不算標準英文，請避免使用，尤其是寫作時。

And as he drove on, the rain clouds **dragged** down the sky after him for, though he did not know it, Rob McKenna was a Rain God. All he knew was that his working days were miserable and he had a succession of lousy holidays. All the clouds knew was that they loved him and wanted to be near him, to cherish him and water him.

他繼續開車前行，雨雲拖曳著他身後的天空，因為羅伯特‧麥坎納是雨神，只不過他並不知情。他只知道他的上班日慘兮兮，還過了一個糟糕的連假。這些雨雲只知道他們喜歡他，想要靠近他、愛護他、澆灌他。

——《銀河便車終極指南》（*The Ultimate Hitchhiker's Guide to the Galaxy*）
道格拉斯‧亞當斯（Douglas Adams）著

Earth

地球

☑ 棘手問題在哪裡

Earth 跟其他行星的名字有所不同。

根據英文的一般規則，事物和地方的正式名稱都要大寫，例如：Golden Gate Bridge（金門大橋）、San Francisco（舊金山），所以我們提到其他行星的名字時會用大寫：Jupiter（木星）、Mars（火星）等等。可是不知何故，我們對 earth（地球）一字卻不是同等的待遇，有時候會用大寫，有時會用小寫，而且似乎都不是牢不可破的規則。

一般來說，如果 earth 前面有 the，就用小寫，如果跟其他行星的名字放在一起，就用大寫，不過也都有例外。

☑ 棘手單字怎麼用

如果你是專業作家，就查一下你撰寫的刊物有何規定，不然就翻翻寫作指南，自行決定何時要大寫，要前後一致就是了。

It can hardly be a coincidence that no language on **earth** has ever produced the expression, "As pretty as an airport."

這絕非巧合，地球上沒有任何語言曾經創造出這種說法：「跟一座機場一樣漂亮。」

——《靈魂漫長黑暗的午茶時間》（*The Long Dark Tea-Time of the Soul*）
道格拉斯·亞當斯（Douglas Adams）著

For instance, on the planet **Earth**, man had always assumed that he was more intelligent than dolphins because he had achieved so much—the wheel, New York, wars and so on—whilst all the dolphins had ever done was muck about in the water having a good time. But conversely, the dolphins had always believed that they were far more intelligent than man—for precisely the same reasons.

舉例來說，在地球這顆行星上，人類總是假定自己比海豚聰明多了，因為他們成就了這麼多東西，車子、紐約、戰爭等等，而海豚只是成天在水裡無所事事玩樂而已。可是相反地，海豚也一直認為自己比人類聰明多了，原因同樣如上。

——《銀河便車終極指南》（*The Ultimate Hitchhiker's Guide to the Galaxy*）
道格拉斯·亞當斯（Douglas Adams）著

Eldest

最年長的

☑ 棘手問題在哪裡

英文有兩組字可以用來表示相對的年紀差距。

elder 和 older 以及 eldest 和 oldest 這兩組形容詞的意思大致相同，用來形容人的時候，通常可以替換使用都正確，不過，elder 和 eldest 不能用來形容事物。此外，elder 和 eldest 聽起來比較正式一點。若是用於帶有「年長、資深」意味的詞組，通常也比較常用 elder，例如 elder statesman（資深政治人物）。

不過還是請小心，要用在適當的上下文之中。Elder 和 older 是比較級，用於比較兩個人時。如果你有兩個女兒，提到大女兒的時候要用 elder daughter 或 older daughter，最高級 eldest 和 oldest 用於比較兩個人以上的情況。如果你有三個女兒，提到大女兒的時候就用 eldest daughter 或 oldest daughter。

☑ 棘手單字怎麼用

用來形容人的時候，使用 elder 或 older 以及 eldest 或 oldest 都可以，形容事物的時候就只能用 older 和 oldest。

The **oldest** and strongest emotion of mankind is fear, and the **oldest** and strongest kind of fear is fear of the unknown.

人類最古老、最強烈的情緒是恐懼，而最古老、最強烈的恐懼是對未知的恐懼。

——《文學中的超自然驚恐》（*Supernatural Horror in Literature*）
H.P. 洛夫克萊夫特（H.P. Lovecraft）著

※ 請注意，這裡只能用 oldest 形容事物。

Ruin, **eldest** daughter of Zeus, she blinds us all, that fatal madness—she with those delicate feet of hers, never touching the earth, gliding over the heads of men to trap us all. She entangles one man, now another.

毀壞，宙斯的大女兒，她讓我們所有人都盲目，那致命的瘋狂——她用她那纖弱的雙腳，從未踏上地球，滑過男人的頭上，把我們所有人都困住。她纏繞住一個男人，現在又一個。

——《伊里亞德》（*The Iliad*）
荷馬（Homer）著

Else's

其他的

☑ 棘手問題在哪裡

電腦的「檢查拼字」功能會錯誤地把 else's 標示為不正確，造成混淆。

十九世紀初，somebody else 的所有格符號（'）是放在第一個字，也就是 somebody's else problem，然而，用法有了改變，現在所有格符號改放在第二個字，如今正確的寫法是 somebody else's、anybody else's、everyone else's 等等。

很不幸地，電腦拼字檢查功能似乎沒搞對，經常把 else's 標示為錯誤的，使得有些人開始懷疑聽了一輩子的用法難道是錯的。絕對不要完全仰賴電腦拼字檢查，這功能有時候也會犯下大錯，把 else's 標示為錯誤就是其中一個錯誤，此外，拼字檢查也分辨不出到底是同音異義字，還是拼錯的字，its 和 it's 就是一例。只要把拼字檢查功能當成是個提醒，把它所標示出的字再確認一次即可。

☑ 棘手單字怎麼用

拼字檢查下次再把 else's 標示為錯誤的時候，不要理會。

I've been making a list of the things they don't teach you at school. They don't teach you how to love somebody. They don't teach you how to be famous. They don't teach you how to be rich or how to be poor. They don't teach you how to walk away from someone you don't love any longer. They don't teach you how to know what's going on in someone **else's** mind. They don't teach you what to say to someone who's dying. They don't teach you anything worth knowing.

我一直在列清單整理學校不教的事。學校不教你如何愛人，學校不教你如何成名，學校不教你如何做個有錢人或如何做個窮人，學校不教你如何離開你不再愛的人，學校不教你該如何知道別人腦袋裡在想什麼，學校不教你該對垂死的人說什麼，學校不教你任何值得知道的事。

——《睡魔 9：慈善者》（*The Sandman, Vol. 9: The Kindly Ones*）
尼爾・蓋曼（Neil Gaiman）著

E-mail vs. Email
電子郵件

☑ 棘手問題在哪裡

有些寫作指南建議使用有連字符號的 e-mail，有些則建議用沒有連字符號的 email。

E-mail 是 electronic mail 的簡寫，最初都有連字符號連接，因為通常被當成複合修飾詞，像是 electronic-mail message。如今，雖然有些人反對使用簡寫，不過簡寫已經廣為流傳，成為標準寫法，例如：I got twenty e-mails in the last hour.（我上一個小時收到二十封電子郵件。）

不加連字符號的寫法已行之有年，在 2010 年，美聯社更改他們的建議，從 e-mail 改成 email，表示他們是順應普遍的用法。

本書上市時，有些報紙仍然不採用美聯社的建議，還是繼續使用 e-mail。《芝加哥寫作格式手冊》也依舊建議使用 e-mail，即使他們的「問答集」（Q&A）使用的 email 一字顯示他們對該字的接受度。

☑ 棘手單字怎麼用

不管你喜不喜歡，堅持捍衛 e-mail 的作法，是註定要失敗了。我喜歡用 e-mail，現在也仍然用 e-mail，不過再過十到二十年一定會變成遺跡，就像 per-cent[20]（百分比）這個字一樣。如果是替某特定刊物寫作，有統一規定寫法，那就照做，如果只是寫給自己看的，喜歡哪一種拼法就用哪一種。

In an **email**, [Mark] Malkoff said of his visit [to the Netherlands]: "Did you know they have urinals on the street? I had no clue. Some of the fun stuff I did included: asking Dutch citizens to donate money to help pay off the U.S. debt, go running in wooden clogs (turns out it hurts!), hang a drawing I did in the bathroom at the Van Gogh Museum, covering myself in birdseed in Dam Square while dozens of pigeons ate off of me, and descending the Euromast 328 feet on a rope."

在一封電子郵件中，〔馬克〕馬可夫說到他的〔荷蘭〕旅行：「你知道他們連街道上都有尿盆？我不明白。我做的一些趣事包括：請求荷蘭人民捐錢幫忙清償美國的債務、穿木屐去跑步（結果好痛！）、把我畫的一幅畫掛在梵谷美術館的廁所、全身舖滿鳥食站在水壩廣場上讓幾十隻鳥來啄食我、用繩索從歐洲塔下降三百二十八英呎。」

——《紐約時報》（*The New York Times*）
傑克・貝爾（Jack Bell）

In the recent Beangate case at Chipotle, *Maxim* editor Seth Porges started an **e-mail** and Twitter campaign when he, a non-pork eater "for religious and cultural reasons," discovered that for the past 10 years he had been getting bacon along with the pinto beans in his burrito.

最近奇普里墨西哥餐廳的豆子事件中，《Maxim》雜誌的編輯賽斯・波吉斯開啟了一場電子郵件與推特的活動，他這個「因為宗教與文化理由」不吃豬肉的人發現，過去十年來他所吃的墨西哥捲餅裡的花豆，他都連同培根一起吃下肚。

——《華盛頓郵報》（*The Washington Post*）
喬・尤南（Joe Yonan）

---

20 per-cent 一字現今較常見的拼法為沒有連字符號的 percent。

Enormity

罪大惡極

☑ 棘手問題在哪裡

Enormity 常被用來代表「巨大」，不過有些人認為這是錯的。

Enormity 常被用來形容某事物龐大到很驚人的地步，不過，用 enormousness 也可以表達這個意思，有些人認為 enormity 應該只可代表「罪大惡極」或「邪惡」。

《嘉納現代美語用法》似乎不想進一步爭辯，而《韋氏英文用法字典》則是提出了一個很有說服力的說法，贊成用 enormity 來形容「巨大」。除了舉出從十九世紀至今的大量例子來佐證，《韋氏英文用法字典》的編輯們還指出，歷史上並沒有任何實際根據有要求不可用 enormity 來形容「巨大」。儘管如此，《芝加哥寫作格式手冊》以及《英文寫作風格的要素》（*The Elements of Style*）一書中都建議「巨大」應該用 enormousness。

☑ 棘手單字怎麼用

避免出現模稜兩可的情況，在一段上下文中，若使用 enormity 會造成出現「龐大」跟「可怕的」兩種解釋，就不要使用。

除非必須遵照某一本寫作手冊，非得用 enormity 來代表「巨大」不可，不然能免則免。雖然對大部分讀者來說，使用 enormity 似乎比 enormousness 來得自然，不過還是有一批人會認為你違反規定，只有你自己可以決定該怎麼做比較好。

The date itself [September 11] is a loaded term that evokes the enormousness, and the **enormity**, of the deed that redefined our times.

〔九月十一日〕這個日期本身就是一個沈重的詞彙，會喚起重新定義我們這個時代的那個行為之巨大、邪惡。

——加拿大《紀事先驅報》（*Chronicle Herald*）社論

Entitled

給……稱號的

☑ 棘手問題在哪裡

Entitled 跟 titled 都有「（賦予）頭銜」、「（給予）權力」的意思。

根據《韋氏英文用法字典》與《美國傳統英文字典》（*American Heritage Dictionary of the English Language*），當動詞使用的時候，entitle 和 title 是同義字，都意指「被賦予一個頭銜（名稱）」（being given a title）。

Entitled 還可用來形容人獲得某種權利，例如表達意見的權利，或是感覺被賦予某些東西，例如應獲得某些東西的狀況。

☑ 棘手單字怎麼用

Entitled 並不是不對，不過，如果要表示頭銜、稱號，還是使用 titled 來表示較好。

EMD Serono, a biopharmaceutical company, has produced a campaign on Facebook **titled** "Birds and the Bees: The Real Story." Part of the campaign features a music video, "Early Bird Catches the Sperm," reminiscent of a digital short on "Saturday Night Live."

默克雪蘭諾製藥公司在臉書上創造了一項宣傳活動，名為「鳥和蜂：真實的故事」。部分的宣傳活動包括一支音樂影片「早起的鳥兒有精子」，讓人想起《週末夜現場》節目的數位歌舞短片。

—— 《福斯新聞》（*Fox News*）
潔西卡・瑞恩・道伊爾（Jessica Ryen Doyle）播報

Dr. Niles Crane: [Maris] drove up on the sidewalk, and when the police ran her name through the computer, they found quite a little backlog of unpaid parking tickets.

Dr. Frasier Crane: What else would you expect from a woman who thinks her chocolate allergy **entitles** her to park in a handicapped space?

奈爾斯・克藍醫師：〔瑪莉絲〕把車開上了人行道，警察用電腦查她的名字時，發現累積了很多未繳的停車費。

福雷瑟・克藍醫師：對一個認為自己對巧克力過敏，就有權利把車停在殘障車位的女人，你還能期待些什麼？

——電視影集《歡樂一家親》（*Frasier*）
大衛・海德・皮爾斯（David Hyde Pierce）飾演奈爾斯
凱爾西・葛萊默（Kelsey Grammer）飾演福雷瑟

Fish

魚

☑ 棘手問題在哪裡

魚有兩種複數寫法：fish 和 fishes。

Fish 是最常見的複數寫法，不過使用 fishes 的例子也所在多有，比方說，鑽研魚類的科學家就常用 fishes 來指稱不同種類的魚。在聖經的馬可福音（book of Mark）裡，耶穌用五塊餅和二條魚（five loaves and two fishes）餵飽數千人。此外，讓 sleeps with the fishes 這個說法蔚為流行的推手，就是電影《教父》（Godfather）[21]，在電影中指黑道的手法，就是在殺人後隨即將屍體丟到海裡。

☑ 棘手單字怎麼用

一律用 fish 這個複數寫法，除非你在撰寫相關生物學文章或書籍，或是引用自電影《教父》和聖經中的的複數形態。

The pike is one of the few **fishes** with binocular sight; both eyes look forward and the visual fields overlap.

狗魚是少數有雙眼視力的魚類，兩隻眼睛都向前看，視力範圍重疊。

——《魚類》（*Fishes*）
藍・卡卡特（Len Cacutt）著

[Tessio brings in Luca Brasi's bulletproof vest, delivered with a fish inside]

Sonny: What the hell is this?

Clemenza: It's a Sicilian message. It means Luca Brasi sleeps with the **fishes**.

【泰西歐把路卡‧布拉西的防彈背心拿進來，裡頭還有一條魚】

桑尼：這是什麼鬼東西？

克萊門薩：這是西西里式的音信，這意指路卡‧布拉西跟魚睡覺去了。

——電影《教父》（<i>The Godfather</i>）

理查‧卡斯泰蘭諾（Richard Castellano）飾演克萊門薩

詹姆士‧肯恩（James Caan）飾演桑尼

When you go **fishing** you can catch a lot of fish, or you can catch a big fish. You ever walk into a guy's den and see a picture of him standing next to fourteen trout?

去釣魚的時候，可能會釣到很多魚，也可能釣到一條大魚。你是否曾走入某個人的小窩，看到他站在一條十四磅鱒魚所拍的照片？

——電影《社群網站》（<i>The Social Network</i>）

賈斯汀‧提姆布萊克（Justin Timberlake）飾演尚‧帕克（Sean Parker）

---

21 1972 年上映的美國經典電影，描寫美國紐約當地的黑手黨柯里昂家族的傳奇事跡。

Flaunt

炫耀

☑ 棘手問題在哪裡

人們有時會把 flaunt 和 flout 搞混。

flaunt 和 flout 的發音接近，但是意思不一樣。你如果 flaunt 你自己、你的財富或成就，意思就是在別人面前「炫耀」。此外，flout 有「漠視、嘲笑、輕視」等意思，反叛者會 flout 規定和法律，即「藐視」之意。

☑ 棘手單字怎麼用

切記，flaunt 是「炫耀」，flout 是「輕視」。

快速記憶撇步

請這樣記憶：flout 裡頭有 out 的字根，所以這個字有「脫離社會常規」的意思，所以 flout laws 就是「藐視法律」的意思。

That's it, baby! When you got it, **flaunt** it, **flaunt** it!

這樣就對了，寶貝！得到的時候就拿出來炫耀、炫耀吧！

——電影《金牌製作人》（*The Producers*）
奈森・連恩（Nathan Lane）飾演麥克斯・畢阿樂斯塔克（Max Bialystock）

The [flapper] asserted her right to dance, drink, smoke, and date… to live free of the strictures that governed her mother's generation… She **flouted** Victorian-era conventions and scandalized her parents.

〔這位年輕女子〕宣稱她有權利跳舞、喝酒、抽菸、約會……過著免於母親輩那些種種限制的生活……她蔑視維多利亞時代的常規,令她的父母顏面無光。

　　——《摩登女:性、時尚、名利與成就美國現代化的女性
共同演繹的瘋狂故事》(*Flapper: A Madcap Story of Sex, Style, Celebrity, and the Women Who Made America Modern*),喬舒亞・蔡茨(Joshua Zeitz)著

Flier

廣告傳單

☑ 棘手問題在哪裡

提供廣告訊息的紙張，也就是「傳單」，到底該稱為 flier 還是 flyer。

據說，flier 是美式拼法，flyer 是英式拼法，而《嘉納現代美語用法》中就是這麼定義，而這種說法也獲得美國知名機構，即美聯社的背書，美聯社建議使用 flier，而英國刊物《經濟學人》（*The Economist*）[22] 則是建議使用 flyer。

話又說回來，如果是指「傳單」之意時，根據美國字典《韋氏英文用法字典》第三版表示，一般拼成 flyer，而英國的《牛津英文字典》指美式拼法是 flier。如果不限定只是「傳單」之意，使用谷歌的書籍關鍵字（Google Books Ngram）搜尋，結果就會顯示，不管是英式英文還是美式英文，flyer 都比 flier 更常見，而且，這兩種拼法至少從 1800 年開始就同時存在了。

☑ 棘手單字怎麼用

如果你遵循美聯社的寫作指南，那就使用 flier，不然的話就隨你的意思挑一種拼法來使用，不過要始終如一。

We're barely making enough to survive, with no hope for anything better. I couldn't dream anymore about school. But when I saw this **flier**, I felt life getting back into me.

我們幾乎賺不夠活，完全不敢有什麼奢望。我再也不敢夢想上學，不過當我看到這張傳單，我感覺我又重獲生命了。

——電影《決戰冰河》（*Iron Will*）
麥肯席・艾斯汀（Mackenzie Astin）飾演威爾・史東曼（Will Stoneman）

用於巴士和火車的名字時，flyer 似乎是比較常見的優先選擇，如 the Midnight Flyer（午夜特快車）這種說法，而用來指「飛行員」時比較喜歡用 flier，不過各種用詞都會有例外。

22《經濟學人》（*The Economist*）為每週出版的英文刊物，主要報導新聞與國際關係，也有商業、政治、藝術、科技等領域的報導。

For Free

免費

☑ 棘手問題在哪裡

For free 是很常見的說法，不過有些專家很不屑這種用法。

一般來說，for 後面要接一個數量，例如：You can have that teacup for five dollars.（你可以用五塊錢得到那個茶杯。）或 I'll give you that saucer for nothing.（我會免費把那個淺盤子給你。）free 並不是一個數量，而是一種描述，意思是「不收費」或「不用花錢」。如果有人問道 How much do you have? 時，你就可以回答 Five dollars. 或是 Nothing. 兩種說法，但就是不會回答 Free. 這種說法。

話雖如此，for free 實在太常見，有些人已經把它視為成語，不過還是有些例子是不能把 for free 和 free 相互替換的，會使句子看起來很怪、造成混淆。

Kevin Williams can't wait to get out on to the field with his Minnesota Vikings teammates for the first time this season after missing the first two games because of a suspension. He's a little less excited about playing the next two games **for free**.

凱文‧威廉斯被停賽而錯過頭兩場比賽之後，迫不及待要回到球場跟他的明尼蘇達維京人隊友在本球季首度出賽。接下來兩場比賽無薪出賽，使得他的興奮少了一些。

——美聯社文章（the Associate Press）

喬恩‧克拉格金斯基（Jon Krawczynski）撰

※ 如果 for free 改成只用 free，會造成混淆，有可能讓人誤以為他是自由球員（free agent）。用 without pay 是比較好的選擇。

We're not going to break anything. Don't think of it as breaking into SeaWorld. Think of it as visiting SeaWorld in the middle of the night **for free**.

我們不會弄壞任何東西。不要想成是闖入海洋世界，要把它想成是在半夜免費參觀海洋世界。

——《紙上城市》（*Paper Towns*）
約翰・格林（John Green）著

※ 如果把 for free 改成 free，句子會顯得有點笨拙，因為距離要修飾的字 visiting 太遠了。這個句子可以改成以下寫法：Think of it as a **free** visit to SeaWorld in the middle of the night.（要把它想成是半夜時一個海洋世界的免費參訪。）

☑ 棘手單字怎麼用

　　For free 的 for 通常都可以拿掉，而 for free 仍然會引來負面觀感，所以還是盡量避免使用。

Free Gift
贈品

☑ 棘手問題在哪裡

Free gift 這種說法通常是多餘的。

根據字面上的定義，禮物（gift）本來就是免費的，不是嗎？沒必要前面還要加個 free（免費的），用 gift 一個字就夠了。

話又說回來，僅管這種說法很多餘，不過在廣告文宣中很常見，所以很難說是錯誤說法，只能說應該僅限用於廣告，因為在廣告中這麼使用似乎很有效。

☑ 棘手單字怎麼用

除非是寫廣告文案，不然就避免使用 free gift。

So speak up, America. Speak up for the home of the brave. Speak up for the land of the **free gift** with purchase!

美國，大聲說出來。為勇士之國度大聲說出來，為消費就送贈品之國度大聲說出來！

——電影《金法尤物 2：白宮粉緊張》
（*Legally Blonde 2: Red, White & Blonde*）
瑞絲・薇斯朋（Reese Witherspoon）飾演艾兒・伍茲（Elle Woods）

Fun

樂趣

☑ 棘手問題在哪裡

有些人認為 fun 一字不可以當形容詞用，但是也有些人認為 funnest 是可行的形容詞。

對不同年齡的人來說，fun（好玩，樂趣）這個字的定義有些許不同，不管是字義上或是語言學上都是。從字義上來說，八十歲老人可能覺得填字謎很好玩，而八歲小孩可能覺得雲霄飛車比較好玩。從語言學上來說，大家都同意 fun 是個名詞（例如：everyone had fun），可是年紀較大的人認為 fun 就只能當做名詞，而年輕人卻認為 fun 也可以當形容詞用（例如：it was a fun party）。

自十九世紀中葉以來，fun 一直被當做形容詞，不過，第二次世界大戰後，fun cars、fun clothes、fun parties、fun people 這些用字突然流行起來，人們也持續使用。不只一位語言專家認為，fun 是否可當形容詞的接受程度與年紀有關。

反對把 fun 當形容詞用的一派有個理由：fun 的比較級 funner 與最高級 funnest，至今仍有異議（至少是非常不正式的），幾乎人人都這麼認為，因此拿來當形容詞並不妥。

☑ 棘手單字怎麼用

如果不是寫給年長讀者看的，就可放心將 fun 當形容詞用，不過請不要用 funner 和 funnest 的說法，除非你想讓人覺得自己很

時髦，或想要成為一位受人推崇的科技公司執行長。別忘了，賈伯斯在 2008 年介紹新的 iPod Touch 時，就曾說這個產品是「有史以來 funnest 的 iPod」（funnest iPod ever）。

If you never did you should. These things are **fun** and **fun** is good.

如果你從來沒做過，就該去做。這些事都很好玩，而好玩就是好事。

——《一條魚兩條魚紅色魚藍色魚》（*One Fish Two Fish Red Fish Blue Fish*）
蘇斯博士（Dr. Seuss）著

※ 這裡的 fun 是主詞補語和名詞。

A Supposedly **Fun** Thing I'll Never Do Again

我不會再做一次的好玩事

——大衛‧福斯特‧華勒斯（David Foster Wallace）所著作之論文集書名

※ 這裡的 fun 是形容詞。

You wanna talk fun? Public bus. You meet the **funnest** people.

你要討論好玩的事？公車。你會遇到最好玩的人。

——電視影集《魔法奇兵》（*Buffy the Vampire Slayer*）
尼可拉斯‧布蘭登（Nicholas Brendon）飾演詹德（Xander）

※ 這裡的 funnest 是 fun 的最高級。

Gauntlet

鐵手套

☑ 棘手問題在哪裡

許多寫作指南主張，片語 run the gauntlet（遭受嚴厲批評）應該寫成 run the gantlet。

許多專家說，gauntlet 和 gantlet 的字源不同，gauntlet 只有「手套」的意思，而 gantlet 只有「攻擊者沿路夾道」的意思。因此，如果要挑戰某人，你就會 throw down gauntlet（拋下鐵手套），而對方如果要接受挑戰，則會撿起 gauntlet，可是如果你沿路受到人們夾道攻擊，就應該說 run the gantlet。

大多數寫作指南仍然支持這兩個字的確有差異，比方說，《美聯社寫作格式書》目前就建議用 run the gantlet，不過，美聯社的編輯曾經表示，他們會順應普遍的用法（例如他們就順應潮流把 e-mail 改成 email），所以很可能在不久的將來，他們就會揚棄非用 gantlet 不可的建議，尤其因為兩大報接受美聯社建議採用 gantlet，卻遭到相當多讀者來函指責有錯。更何況，run the gauntlet 已經比 run the gantlet 更常見於書中。

最後一點，《韋式英文用法字典》深入挖掘 gauntlet 的字源，發現 gauntlet 跟 gantlet 的差異並不大。雖然這兩個字現在的發音並不同，不過最初只是拼法不同，都源自瑞典字 gatalopp，意思是「道路」或「路線」，之後就成為英文的用字。他們發現沒有任何根據，讓這個字非拼成 gantlet 不可，甚至還提出，這一切可能起因於他們在早期一本字典裡所做的區隔，對此他們感到抱歉。

☑ 棘手單字怎麼用

　　除非你必須遵照某一本指南，而那本指南規定要使用 gantlet，不然如果要形容沿路受到攻擊的狀態，就一律使用 gauntlet。如果使用 gantlet，就得有心理準備，很有可能會被認為寫錯了或矯揉造作。

Tom Paris: When you said "Be there in a minute," you weren't
　　　　　kidding.
B'Elanna Torres: A group of Klingons[23] ambushed me outside
　　　　　　　　of Engineering. I decided transporting myself
　　　　　　　　would be easier than running the **gauntlet**.

湯姆‧派瑞斯：你說「馬上就到」，根本就是在開玩笑。
貝拉娜‧朵芮絲：一群克林貢人在輪機室外埋伏我，我心想，把我自己運
　　　　　　　出去還比沿路被攻擊來得容易一些。

　　　　　　　　　　　　──電視影集《星艦迷航記》（*Star Trek: Voyager*）
羅伯特‧鄧肯‧麥克尼爾（Robert Duncan McNeill）飾演湯姆‧派瑞斯
羅珊‧道森（Roxann Dawson）飾演貝拉娜‧朵芮絲

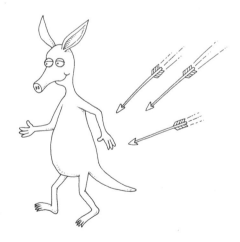

---

23 克林貢人（Klingon）為一個掌握高科技的外星人族群，生性野蠻而好戰，該詞為影集《星艦迷航記》所用，在美國極為熱門而此名詞也普遍為大眾所知。

Gender

性別

☑ 棘手問題在哪裡

用 gender 來取代 sex 這說法有待商榷。

人們通常以為用 gender 這個字眼來詢問別人的性別（sex），這是比較「細膩」的詢問方式。不過，嚴格說來，gender 跟 sex 還是不同的。當你問某人他是什麼 sex 時，意思是想知道對方的生理特徵是男性還是女性；而 gender 這個字有社會架構的意涵在裡面，當你詢問某某人的 gender 時，你是在問對方，就社會上所認知的男性或女性分類，他想被視為何種人。所以，如果要形容一個人同時具備男性與女性的身體特徵，我們會用 intersex（跨越性別）這個字，如果要形容一個具備男性特徵，但又希望以女性樣貌呈現在世人眼前的人（反之亦然），就會用 transgender。

☑ 棘手單字怎麼用

如果你的讀者可能對性別非常敏感，用 gender 取代 sex 是可以的，不然就還是盡量把這兩個字分開處理。

Ted, you may wanna find a new **gender** for yourself 'cause I'm revoking your dude membership.

泰德，你或許要替自己找一個新的性別身分，因為我要撤銷你的男性會員資格了。

──電視影集《老爸老媽浪漫史》（*How I Met Your Mother*）
尼爾・派翠克・哈里斯（Neil Patrick Harris）飾演巴尼（Barney）

There are two types of male oysters, and one of them can change **genders** at will.

公牡蠣有兩種，其中一種可以隨意改變性別。

——電視影集《CSI 犯罪現場》（*CSI: Crime Scene Investigation*）
威廉・彼得森（William Peterson）飾演基爾・葛林森（Gil Grissom）

Gone Missing

不見

☑ 棘手問題在哪裡

許多美國人覺得 gone missing 這種說法聽起來很怪，不過並非不正確。

Gone missing 是英式英文，主要是新聞記者在使用，用來形容失蹤的人。雖然記者或主播似乎很愛用 gone missing，但是有不少觀眾卻很討厭這種說法。

討厭用 gone missing 的人認為，go（去）後面一定得接某個地方才對，而 missing 並不是地方，而且，沒有生命的物體也不可能 go missing，因為它不會自己主動行事或活動，不過英文也不是一直都這麼呆板無變化，比方說，在勞動市場吃緊的時候，工作有可能 go begging（找不到人）即便 begging 也不是一個地方，而沒有生命的工作本身，也不能採取什麼動作。還有反對者主張，如果用 gone missing，就應該由失蹤的那個人或物品做出動作才對。針對這一點，我們同樣找得到反駁的證據，如 milk goes bad（牛奶壞了）一詞，也同樣不是牛奶自己主動產生的動作。

Gone missing 並沒有錯，《牛津英文字典》把這個詞跟 go native（被當地人同化了）歸為同一類，上面的例句是：We had high hopes for our new senator, but after he was in Washington for a few months he **went native**.（我們對新任的參議員寄予厚望，但是他進入華府幾個月後卻被同化了。）

☑ 棘手單字怎麼用

如果覺得使用 gone missing 很彆扭，那就改用 disappear（消失）。你可以批評 gone missing 這用法很討厭，但也不能說這種用法是錯誤的。

The sheriff of Area 9 in Texas has **gone missing**. He is twice as old as I am and very powerful. If one such as he can be taken, then none of us is safe.

德州第九轄區的警長失蹤了，他的年紀是我的兩倍，力量強大。如果像他這樣的人都會被帶走，那我們沒有就一個人是安全的。

——電視影集《嗜血真愛》（*True Blood*）
亞歷山大・史柯斯果德（Alexander Skarsgård）飾演
艾瑞克・諾曼（Eric Northman）

Gotten

get 過去分詞

☑ 棘手問題在哪裡

過去，有些教科書說 gotten 是不正確的，get 的過去分詞不能這麼拼，不過這樣的忠告是存疑的。

英國人已經很少使用 gotten 作為 get 的過去分詞，他們大多會用 got，可是 gotten 至今仍然是美國人最常用的 get 過去分詞，大多數美國寫作指南也接受。英國的寫作指南早從十九世紀就開始排斥這個字，也逐漸引進美國某些受歡迎的教科書當中。

雖然 gotten 在美國是可接受的，不過我們也用 got。根據《韋氏英文用法字典》，美國人使用 gotten 或 got「幾乎是自由隨意替換」，不過，選用哪一個字還是可能造成某些句子意思上的差異。Got 有「擁有」的意思，gotten 則帶有「處理過程」的意思，《美國傳統當代英語用法詞典》舉出的兩個例子最能表達其中的差異：I haven't got any money（「我一毛錢也沒有」，指意思是破產了），I haven't gotten any money（「我沒有拿到任何錢」，意思是還沒拿到應得的錢）。相關用法請參考 98 頁的 have got（必須要）單元。

☑ 棘手單字怎麼用

　　不要害怕使用 gotten。不過如果用 got 會造成句子意思上的差異，就要確定用字是否正確。

The photograph caught four black bears as they puzzled over a suspended food bag. The bears were clearly startled but not remotely alarmed by the flash. It was not the size or demeanor of the bears that troubled me—they looked almost comically nonaggressive, like four guys who had **gotten** a Frisbee caught up a tree—but their numbers. Up to that moment it had not occurred to me that bears might prowl in parties.

這張照片捕捉到四隻黑熊對著一個吊在半空中的食物袋摸不著頭緒，這幾隻熊顯然受到驚嚇，但不是被遠遠的閃光燈嚇到。令我不安的，並不是這些熊的龐大身形或舉止——牠們幾乎看起來是很滑稽的沒攻擊性，就像四個人的飛盤卡在樹上一樣——而是牠們的數量。一直到這一刻之前，我完全沒想過熊也會成群活動。

——《林中漫步：在阿帕拉契小徑重新發現美國》
（ *A Walk in the Woods: Rediscovering America on the Appalachian Trail* ）
比爾‧布萊森（Bill Bryson）著

Graduated

畢業

☑ 棘手問題在哪裡

Graduated 的後面漸漸不再接 from，例句如 Johnny graduated from high school.（強尼從高中畢業。）的 from 越來越常被拿掉。

七十年前，人們會說 Johnny was graduated from high school.，不過這是被動的語言結構。到了 1960 年代中期，人們把 was 拿掉，變成主動型態，也成為標準用法，如 Johnny graduated from high school.（強尼已從高中畢業。）近年來，輪到 graduated 變成被開刀的對象，人們開始拿掉 from，只用 Johnny graduated high school.。

或許，這種比較新潮、比較簡短的說法最後也會變成標準用法，不過目前還是錯的，因為只有學校才能主動做 graduate 這個動作，而這種新的說法似乎暗示是強尼主動做 graduate 這個動作，但其實不可行。

☑ 棘手單字怎麼用

繼續使用 graduated from 一詞，如 Johnny **graduated from** high school.

[phone rings] Cliff: Oh, not another Vanessa caller.
[answers] Cliff: Vanessa's Residence?... No, she cannot come to
the phone right now... Because it is now 10:05,
and she cannot take any calls past 10 o'clock...
No, I cannot take a message. I am her father. I
am a doctor. I **graduated** from medical school,
all right?

【電話響起】克里夫：喔，別又是找凡妮莎的電話。
【應答】克里夫：凡妮莎公館？……不行，她現在不能接電話……因為現
在是十點零五分，十點過後的電話她一律不能接……不
行，我也不能幫你留話。我是她的爸爸，是個醫生，從
醫學院畢業的，可以嗎？

——電視影集《天才老爹》（*The Cosby Show*）
比爾・考斯比（Bill Cosby）飾演
西斯克里夫・哈克斯特堡（Heathcliff Huxtable）

Grow

成長，種植

☑ 棘手問題在哪裡

有些人反對把 grow 用於無形的事物上，例如 grow the economy（發展經濟），他們認為該用於有形的東西，例如 grow the roses（種植玫瑰）。

很顯然，grow 可當及物動詞，後面直接接受詞，人們 grow rice（種植稻米）、grow wheat（種植小麥）已經有數千年之久，而使用 grow investments（增長投資）或 grow economies（發展經濟）也有幾十年的歷史了，只不過除了商業用法以外，在及物動詞 grow 後面接這種非有機的、無形的受詞會引人側目。

話雖如此，從比喻的角度來看，investment 和 economy 也都需要細心照料，就像植物需要水和肥料一樣，所以也算合理。

☑ 棘手單字怎麼用

在商業寫作裡，grow 已經有一定的地位，不會有所改變，所以在商業類別文章裡請放心在 grow 後面接沒生命的名詞，不過其他類型文章就要三思。

Voters next fall may be able to weigh two strongly contrasting views of how to **grow** the economy and create jobs.

明年秋天，選民或許可以在如何成長經濟與創造就業兩個截然不同觀點之間做個權衡。

——《基督教科學箴言報》（*Christian Science Monitor*）社論

※ 或許有點奇怪，不過形容某事物 grow smaller（變小了）是完全沒有問題的，become（變成）早就是 grow 的文字定義之一了。

Half

一半

☑ 棘手問題在哪裡

Half 可以當單數，也可以當複數。

基本上，主詞和動詞的單複數必須一致：如果主詞是單數，動詞就該用單數；如果主詞是複數，動詞就該用複數。不過，用 half 開頭的句子就不一定按照這個規定。

Half 這個字本身是單數，不過在 half the boys are missing（有一半的男孩們都不見了）這樣的句子裡，我們會用複數動詞，因為這裡的主詞 half the boys（一半的男孩們）是複數，所以用複數動詞 are。

Half 還有其他用法上的怪癖。用 half 開頭的複合字可以用連字符號連接，也可以兩字分開或是合在一起，例如兩字分開的 half note（二分音符）、合在一起的 halfhearted（缺乏熱誠的）、用連字符號的 half-baked（半熟的）。沒什麼規則可循，得查字典才知道怎麼用。還有，half of 這種寫法不算錯，通常意思不會改變，不過拿掉 of 之後的句子會更簡潔。

☑ 棘手單字怎麼用

如果 half 當主詞用，就請遵照以下規則：half 後面如果接單數名詞，就用單數動詞；half 後面如果接複數名詞，就用複數動詞。

Half the world **is** composed of people who have something to say and can't, and the half who have nothing to say and keep on saying it.

這世界一半的人有話要說但不能說，另一半人則是無話可說卻拚命說。

——美國詩人羅伯特‧佛洛斯特（Robert Frost）

Half of the American people **have** never read a newspaper. Half never voted for President. One hopes it is the same half.

有一半的美國人從來沒看過報紙，有一半人從來沒去投票選總統。希望是同樣的那一半人。

——美國作家高爾‧維達爾（Gore Vidal）

Hanukkah

光明節

☑ 棘手問題在哪裡

Hanukkah 有好幾種拼法都可以。

這個猶太節日又稱為「光明節」，可以拼成 Chanukah、Hanukkah、Hanukah、Hannukah，而且拼法還不只這些。Hanukkah 這類希伯來文字無法直接譯成英文，因為英文和希伯來文使用的字母並不一樣，所以是用音譯的，也就是根據唸法來拼成英文，也因此就出現各家拼法不一的情況。

在《現代美語語料庫》（*Corpus of Contemporary American English*）這個龐大的英文資料庫裡，最常見的拼法是 Hanukkah，美聯社建議的拼法也是這個。

☑ 棘手單字怎麼用

挑一種拼法，然後就固定使用。從 Hanukkah 這個字就可證明，寫作指南是必要的。

Some night, some places are a little brighter. It's difficult to stare at New York City on Valentine's Day, or Dublin on St. Patrick's. The old walled city of Jerusalem lights up like a candle on each of **Chanukah's** eight nights...We're here, the glow... will say in one and a half centuries. We're here, and we're alive.

在某些夜裡，某些地方會明亮一些。情人節的時候很難凝視紐約市，聖派翠克節的時候很難凝視都柏林。耶路撒冷這座被城牆圍起來的老城市亮了起來，就像光明節八個夜晚每一夜裡的蠟燭一樣……我們在這裡，這光亮……會持續一個半世紀。我們在這裡，我們活著。

——《啥都瞭了》（*Everything Is Illuminated*）
強納森‧薩弗蘭‧佛爾（Jonathan Safran Foer）著

Have Got

必須要

☑ 棘手問題在哪裡

有人說，如果在 have to 中間插入 got，這個 got 是不必要的，甚至不正確的贅字，例如 You have **got** to see my new parrot.（你得來看看我新的鸚鵡。）

的確，got 接在助動詞 have 之後並不會造成意思的大改變，例如：I have to buy some birdseed（我要去買些鳥食）跟 I have **got** to buy some birdseed（我必須要去買些鳥食）。不過，加上 got 確實有加強語氣的作用，就像 I picked out the parrot **myself**（是我自己挑這隻鸚鵡的）裡頭的 myself 一樣，強調鸚鵡是「自己」挑的。

在英文中，have got 這樣的用法已經使用幾百年，大多數現代英文用法指南都視之為標準用句。

☑ 棘手單字怎麼用

需要強調語氣的時候，就放心使用 have got to。

If you have anything to say, anything you feel nobody has ever said before, you **have got** to feel it so desperately that you will find some way to say it that nobody has ever found before, so that the thing you have to say and the way of saying it blend as one matter—as indissolubly as if they were conceived together.

如果你有話想說、有些你覺得是別人從來沒說出口的話，你一定會很強烈感受到，強烈到你會找個方法用別人從未想過的方法說出來，因此你必須說出口的話跟你說出口的方法就混雜成一件事，密不可分，彷彿是一起醞釀出來的。

——《費滋傑羅短篇小說》（*The Short Stories of F. Scott Fitzgerald*）
史考特·費滋傑羅（F. Scott Fitzgerald）著

Healthy

健康的

☑ 棘手問題在哪裡

有些人堅持不能說紅蘿蔔 healthy，而應該說 healthful，因為只有 healthful 的意思才是指「有益健康的」。

長久以來，healthy 一直被用來形容可改善我們體質的事物。始自十九世紀末期，healthful 開始與 healthy 分庭抗禮，不過 healthy 也不是省油的燈，現今雖然 healthful 不算錯誤的用法，但是要形容水果、蔬菜、運動等等可以讓人更長壽的東西時，標準的英文用字還是 healthy。

☑ 棘手單字怎麼用

如果有人告訴你一定要用 healthful、不可以用 healthy，不要理會他，除非你是刻意想營造某種「過時的」氣圍。

It's a very **healthful** drink! Even better for you than placing leeches on your tongue.

這是非常健康的飲料！甚至比放水蛭在你的舌頭上更好。

——電玩遊戲《猴島小英雄：猴島的詛咒》（*The Curse of Monkey Island*）肯尼・法爾毛斯（Kenny Falmouth）一角由蓋瑞・寇曼（Gary Coleman）配音

Hero

英雄

☑ 棘手問題在哪裡

Hero 這個字被濫用且被誤解了。

有些字典對 hero 這個字的定義是「一個受推崇的人」（an admired person），可是如果某個作者把 hero 這個標籤貼在一整類人身上，譬如所有消防人員或所有軍人，或者只是做了件困難工作的人身上（譬如優秀的老師），可能就會遭來讀者的異議，這類讀者堅持，一定要做些不凡的偉業才能算是 hero，也就是說，消防人員裡頭或許有 hero，但並不是每一個消防人員都是，要稱得上 hero，一定不只是做好分內的工作而已。

Hero 還有其他的意思，比方說在文學裡，hero 可以指一部作品裡的「主角」（the main character in a work），在古典神話裡，hero 是指「具有神力或受到諸神寵愛的強壯、勇敢的男人」（a strong, courageous man who may have godlike powers or be favored by the gods）。

☑ 棘手單字怎麼用

用 hero 來形容你敬佩的人儘管不算錯，不過還是想想是否有其他更適合的形容詞，或對某些讀者來說比較不那麼怪的用字。

[Homer has been thrown out of an all-you-can-eat restaurant for eating too much]

Lionel Hutz: This is the most blatant case of false advertising since my suit against the movie *The NeverEnding Story*.

Homer: So, do you think I have a case?

Lionel Hutz: Mr. Simpson, I don't use the word "**hero**" lightly, but you are the greatest **hero** in American history.

Homer: Woohoo!

【荷馬因為吃太多而被一家吃到飽餐廳趕出來】

萊恩諾·哈茲：這是自從我提出對電影《大魔域》的控訴以來，最明顯的廣告不實案例。

荷馬：所以你覺得我告得成嗎？

萊恩諾·哈茲：辛普森先生，我不輕易使用「英雄」這個字眼，不過你是美國史上最偉大的英雄。

荷馬：嗚呼！（歡呼聲）

　　　　　　　——電視卡通影集《辛普森家庭》（*The Simpsons*）
　　　　　　　萊恩諾由菲爾·哈特曼（Phil Hartman）配音
　　　　　　　荷馬由丹·卡斯泰蘭尼塔（Dan Castellaneta）配音

Hopefully

懷抱希望地

☑ 棘手問題在哪裡

雖然 hopefully 常用來代表 I hope（我希望），不過很多人反對這種用法。幾百年來，hopefully 一直代表「懷抱希望地」。

To travel **hopefully** is a better thing than to arrive.

滿懷希望出發去旅行，比抵達目的地更棒。

——蘇格蘭作家羅伯特特‧路易斯‧史蒂文森（Robert Louis Stevenson）

1960 年代，人們開始使用 hopefully 來代表 I hope（我希望）或 we hope（我們希望），此用法一時蔚為潮流。當時，英文用字專家反對這種用法，但是他們的反對沒能形成氣候。如今，用 hopefully 來代表 I hope 的用法已經很普遍，大部分寫作指南的立場也都軟化了。根據《韋氏英文用法字典》，反對用 hopefully 的聲浪在 1975 年最盛，儘管如此，現在還有許多人對當時的反對聲浪記憶猶新。

Trey Atwood: Ryan said you talk a lot.
Seth: Yeah, it's kind of a problem but **hopefully** one you'll come to find endearing.

崔‧艾伍德：萊恩說你很多話。
賽斯：是啊，算是一種毛病，不過希望你會覺得這個毛病很可愛。

——電視影集《玩酷世代》（*The O.C*）
羅根‧馬歇爾格林（Logan Marshall-Green）飾演崔‧艾伍德
亞當‧布洛迪（Adam Brody）飾演賽斯

☑ 棘手單字怎麼用

關於把 hopefully 當成句子副詞的用法，雖然反對爭論並未風起雲湧（相較之下，比 frankly 和 thankfully 遭遇到的反對聲浪小多了），而且 hopefully 也常出現在平面媒體與日常對話中，不過還是可能招來一群反對者的批評。令人安慰的是，這個問題到了你孩子的那一代大概就不成問題了。

I'd've (I would have)
我就會

☑ 棘手問題在哪裡

有些模仿口語說法的縮寫方式在寫作上看起來很奇怪。

當我們在說話的時候,有些發音常會模糊帶過或合併縮短,這類縮寫有些也常見於文字,例如 there's、I'm,但也有一些看起來會怪怪的、笨拙的,例如 I'd've、that've、there're 等。既然可以用 should've 和 there's,用 I'd've 和 there're 當然也不算錯,可是可能會讓你的讀者感到困惑。

☑ 棘手單字怎麼用

除非是刻意要營造非正式、活潑輕鬆的臨場感氛圍,不然就盡量少用 I'd've 這種不常見的縮寫。

Newt did something graceful. Karen Tumulty, I believe, said "Congressman Gingrich," then corrected herself with "Speaker Gingrich." And Newt broke in, "Newt." (If I had been the reporter, **I'd've** said "Mr. Gingrich." I don't think these titles should carry on forever.)

紐特做了很得體的事,凱倫‧圖門蒂說「金瑞契議員」,接著又修正自己,改稱呼「金瑞契議長」,然後紐特插嘴說「紐特」。(如果我是那位記者,我會稱呼「金瑞契先生」,我想那些頭銜是不會永久的。)

——《國家線上評論》(*National Review Online*)專欄
傑‧諾林格(Jay Nordlinger)撰

Into

進入

☑ 棘手問題在哪裡

有時候，into 跟 in to 不是那麼容易分清楚。

Into 指的是「移動」，而 in 指的是「位置」：You accidentally walked **into** a wall, and you were **in** your room when the phone rang.（你不小心撞上牆，電話響起的時候你人在房間裡。）看起來似乎很好分辨。

但是麻煩的地方是，in 同時也是動詞片語的一部分，例如 tune in（收聽）、opt in（選擇加入）、log in（登入），而且可能後面剛好會接 to，這時候就得小心了，比方說，You tune **in to** a radio station.（你收聽某個廣播電台。）這時說 You tune **into** a radio station. 就不對了。

☑ 棘手單字怎麼用

不確定該用 into 還是 in to 時，就先看看這是否為某種移動的模式，如果是，通常就要用 into。又或者，看看如果把 in 拿掉是否會改變這個動詞的意思，如果是，通常就要用 in to。

TMZ[24] has video of [Shia] LaBeouf being punched by an unnamed person while laying on the ground. Others outside quickly stepped **in to** pull Shia out of there.

TMZ 網站上有一個影片，是男星西亞‧李畢福躺在地上被一個不知名的人揮拳毆打。旁人很快就介入並把西亞拉離現場。

——《星生活》（*StarzLife*）文章
查理‧畢恩（Charley Been）撰

※ 請注意，step in 如果拿掉 in，意思就會不同。

[R]eplacing departed star Shia LaBeouf with Brit muscleman Jason Statham could inject some new testosterone-driven energy **into** the series.

以英國肌肉男傑森‧史塔森來取代掛冠求去的西亞‧李畢福，可能會給這系列電影注入某種由睪丸素驅動的新能量。

——HitFix 娛樂新聞網站
戴夫‧路易斯（Dave Lewis）撰

※ 請注意，inject into 是一種比喻，是指注入新的能量到這系列的電影裡。

---

24 國外一個專拍明星、名人的娛樂新聞網站，主要內容來自非官方發佈的資料或狗仔隊拍攝內容。

It is I

是我

☑ 棘手問題在哪裡

嚴格說起來，「是我」用英文 It is I 來表達才是正確的，但 It is me 被大多數人所用。

根據文法規則，如果有人問：Who is there?（是誰啊？）你應該要回答：It is I. 因為 is 這樣的連綴動詞後面應該要接 I。不過，對大部分說英文的人來說，就算明明知道文法是這樣規定，還是覺得 It is I. 的說法聽起來太正式了。

這不是現代才有的問題，早在 1878 年，坎特伯里大主教亨利・艾福德（Henry Alford）寫了一本當代受歡迎的英文用字書籍《標準英文準則》（*A Plea for the Queen's English*），書中說 It is me 是一個「廣為人知但又廣受爭論的用法」（well known and much controverted phrase）。他對 It is me 抱有捍衛的立場，他說：「這是大家都在用的說法。文法專家抗議，教育工作者禁止且責罵，但英國男男女女、大人小孩都一直這麼用，也會繼續用下去，只要說英文的地方就會繼續這麼用。」

現代的寫作指南仍繼續支持使用 It is me 用法。

☑ 棘手單字怎麼用

在幾乎所有的正式場合中，請放膽使用 It is me. 或 It's me.。

It is I; be not afraid.

是我，別害怕。

——耶穌，馬太福音（Jesus in the book of Matthew）

Are You There God? **It's Me**, *Margaret.*

上帝，祢在嗎？是我，瑪格麗特。

——茱蒂・布倫（Judy Blume）著作之書名

Jealous

嫉妒的

☑ 棘手問題在哪裡

Jealous 和 envious 意思部分雷同，常會互相替代使用。

根據某些資料，jealous 的意思應該僅限於「跟某人之間對立的怨恨情緒」，通常是指感情方面。另一方面，envious 則有「渴望或垂涎別人的所有物或成就」的意思。所以，jealous 還包含了恐懼的成份，害怕失去某人，而 envious 沒有，純粹只是希望獲得別人所擁有的東西。

比方說，你女朋友最好的閨中密友是個型男，你也許就會對他產生 jealous（嫉妒）的情緒，但是如果女友即將去夏威夷旅行，那你就會產生 envious（羨慕）之情。要是她跟那位型男一起出遊，那麼你就會同時有 jealous 和 envious 的情緒！（顯而易見，這段感情命運難卜）。

話雖如此，在電影跟雜誌裡，應該使用 envious 的地方卻也常常看到 jealous，而且字典裡對這兩個字的定義也很雷同，而這兩個字在實際使用上的區隔並不清楚。

☑ 棘手單字怎麼用

如果要用字精準一點，就在你自己的寫作中把 jealous 和 envious 做個清楚的區隔，不過要是看到流行文化對這兩個字的定義很模糊，可別太驚訝。

You people make me **envy** the deaf and the blind!

你們這些人讓我羨慕起聾人與智障者！

——電視影集《山丘之王》（*King of the Hill*）
強尼‧哈德威克（Johnny Hardwick）飾演戴爾（Dale）

Oh, please. You can't tell me you weren't **jealous** that Vaughn had his hippie hands all over your debate-slash-make-out partner.

喔！拜託，你可別告訴我，你不嫉妒范恩用他那雙嬉皮手摸遍了你的辯論兼熱吻夥伴。

——電視影集《廢柴聯盟》（*Community*）
吉琳‧雅各（Gillian Jacobs）飾演布麗塔（Britta）

Kinds

種類

☑ 棘手問題在哪裡

要說 kinds 的時候，卻常常脫口而出單數的 kind。

如果你要用英文表示你有一種花生醬、三種果醬，就應該會說 one kind of peanut butter, three kinds of jelly。如果是一種，就用單數 kind，如果是一種以上，就用複數 kinds。由於 these 和 those 都是指稱不只一個東西，所以必須用複數 kinds，如 These kinds of situations always perplex me.（這幾種情況總是令我費解。）如果用 These kind of situations 就是錯的。

☑ 棘手單字怎麼用

最佳策略就是注意不出錯，請記得，如果出現複數形容詞，像是 these 和 those，就必須使用複數名詞 kinds，例如：Those kinds of restaurants always seem to fill up fast.（那些種類的餐廳似乎總是很快就客滿了。）

The character strengths that enabled [Dominic Randolph] to achieve the success that he has were not built in his years at Harvard or at the boarding schools he attended; they came out of those years of trial and error, of taking chances and living without a safety net. And it is precisely those **kinds** of experiences that he worries that his students aren't having.

這些讓〔多明尼克‧藍道夫〕成功的性格優點並不是在他唸哈佛或寄宿學校的歲月養成的，而是來自那些年的嘗試錯誤學習法，來自他願意冒險以及不活在保護網之下。那些經驗也正是他擔心他的學生缺乏的。

——《紐約時報》（*The New York Times*）
保羅‧塔夫（Paul Tough）撰

Kudos

名望

☑ 棘手問題在哪裡

有些人誤以為 kudos 是複數名詞。

名詞 kudos 的意思是指「讚美」（praise）或「榮耀」（glory），通常和 congratulations（恭喜）有同樣的使用方法。這個字直接來自希臘文，是單數，就像 praise（讚美）和 glory（榮耀）一樣，都是單數的用法。不過，由於 kudos 以 s 結尾，而 congratulations 又是複數，所以有些人就誤以為 kudos 是複數，於是就把 kudo 當單數用，這是不對的。

☑ 棘手單字怎麼用

請用 kudos，而且要記得這個字是單數。

Memo to self: **Kudos** are in order. I could win a Nobel Prize. If they ever add that Atrocities category.

給自己的備忘錄：值得慶賀。我或許可以得到諾貝爾獎，如果他們有殘暴這個類別的話。

——電視影集《新超人：拂曉起飛》
（*Lois & Clark: The New Adventures of Superman*）
艾倫・瑞勤斯（Alan Rachins）飾演
傑佛森・寇爾教授（Professor Jefferson Cole）

※ 應該是 kudos is in order 或 congratulations are in order 才對。

"I see that you are working this vampire angle with some success," Jace said, indicating Isabelle and Maia with a nod of his head. "And **kudos**. Lots of girls love that sensitive-undead thing. But I'd drop that whole musician angle if I were you. Vampire rock stars are played out, and besides, you can't possibly be very good."

「我知道你從吸血鬼的角度獲得一些成效」，傑斯說，一面以點頭方式指出依莎貝拉和瑪雅，「很讚。很多女孩喜歡那種敏感的活死人東西，可是如果我是你，我會停止從樂手的角度下手，吸血鬼搖滾明星已經玩完了，更何況，你不可能做得好。」

——《玻璃之城》（*City of Glass*）
卡珊卓・克蕾兒（Cassandra Clare）著

Lay

進入

☑ 棘手問題在哪裡

Lay 常常被誤當成 lie（躺）使用。

《嘉納現代美語用法》的作者布萊恩‧嘉納（Bryan Garner）說，誤把 lay 當成 lie 是「最常見的錯誤之一」。而且，人們來到「文法女王」（*Grammar Girl*）網站最常求教的問題之一，正是 lay 和 lie 有何不同。很顯然，這兩個字造成了一些令人混淆的現象。

☑ 棘手單字怎麼用

其實規則很簡單，lay 是及物動詞，當你要「放下」某種東西的時候會用到，也就是 lay a pen on the table（把一枝筆放在桌上）。而 lie 是不及物動詞，當你要做「躺下」動作時就會用到此字，如 lie down to sleep（躺下來睡覺）。

I enjoy having breakfast in bed. I like waking up to the smell of bacon, sue me. And since I don't have a butler, I have to do it myself. So, most nights before I go to bed, I will **lay** six strips of bacon out on my George Foreman grill. Then I go to sleep. When I wake up, I plug in the grill. I go back to sleep again. Then I wake up to the smell of crackling bacon.

我喜歡在床上吃早餐，我喜歡在培根的香味中醒過來，看不順眼嗎？那就去告我啊！我沒有管家，所以我得自己來，我通常會在睡覺前先把六片培根放在我的拳王牌烤爐上，然後去睡覺，等到隔天醒過來，我插上烤爐的插頭，然後再回去睡覺，接著就在鮮嫩欲滴的培根香味中甦醒。

——電視影集《辦公室瘋雲》（*The Office*）
史提夫‧卡爾（Steve Carell）飾演麥可‧史考特（Michael Scott）

Lighted and Lit

點燃

☑ 棘手問題在哪裡

動詞 light 的過去式有兩種拼法。

看起來或許很奇怪，不過，lighted 和 lit 都是動詞 light 的過去式。

Lighted 是規則變化（直接在 light 後面加上 -ed，變成過去式），而 lit 是不規則變化（不是直接加 ed，而是改變拼法），可是不規則變化不代表就不正統，事實上，lit 甚至比 lighted 更常見於平面媒體。

- I **lighted** three candles.
  我點燃了三根蠟燭。
- I **lit** three candles.
  我點燃了三根蠟燭。

根據《牛津英文字典》，lighted 是比較早出現的形容詞寫法，不過同樣的，lighted 和 lit 都是標準的形容詞。

- He saw her across the **lighted** ballroom.
  他看到她從亮著燈的舞廳那一頭走過來。
- He saw her across the **lit** ballroom.
  他看到她從亮著燈的舞廳那一頭走過來。

☑ 棘手單字怎麼用

如何選用？就選在你句子中唸起來比較順口的那個字。

Thousands of candles can be **lighted / lit** from a single candle, and the life of the candle will not be shortened. Happiness never decreases by being shared.

一根蠟燭就可以點燃數千根蠟燭，而且蠟燭壽命並不會縮短。快樂絕對不會因為分享出去而減少。

——佛諺

※ 於此佛諺之中，lighted 和 lit 都是可行的格式。

Media

媒體

☑ 棘手問題在哪裡

Media 可當單數，也可當複數。

Media 來自拉丁文，在拉丁文裡單複數有別，medium 是單數，複數是 media，不過，外來語在英語中落地生根之後有可能會改變特性，media 就是一例。

在英文裡，media 通常當集合名詞使用，跟 band 或 team 一樣，而在美國，集合名詞通常是單數名詞：The **band** is here.（這支樂團來了。）、The **team** is excited.（這支球隊很興奮。）、The **media** is on the story.（這媒體在報導這則新聞。）在英國，集合名詞通常視為複數。

☑ 棘手單字怎麼用

如果 media 是當集合名詞使用，那就連接單數名詞。《美聯社寫作格式書》和《芝加哥寫作格式手冊》也支持這麼使用，只不過美國編輯喜歡使用複數動詞的情況也時有所聞，你會看到 the media are，不過 the media is 更常見。

Whoa, this really beats the pressure of playing big league ball,
there if you make a mistake, and "boom" the **media** is all over
you.

哇！這種壓力真的大過打大聯盟，要是犯了錯，媒體就轟的一聲排山倒海
朝你而來。

——卡通《辛普森家庭》（*The Simpsons*）
職棒大聯盟捕手麥克‧索夏（Mike Scioscia）為自己本人配音

As anybody who has read a newspaper since 1788 will know,
the British **media** are somewhat obsessed with London, at
the expense of everywhere else.

從 1788 年開始看報紙的任何一個人都知道，英國媒體對倫敦有點執迷，
寧捨其他地方於不顧。

——《衛報》（*The Guardian*）
史考特‧莫瑞（Scott Murray）撰

Momentarily

短暫地

☑ 棘手問題在哪裡

Momentarily 逐漸喪失原義。

Momentarily 的字根是 momentary（短暫的），因此 momentarily 傳統上的意思是：暫時，一會兒。不過，現在比較常聽到人們把 momentarily 用來代表「立刻，馬上」。搖滾樂團「平克佛洛伊德」（Pink Floyd）[25] 有一張專輯就取名為 A Momentary Lapse of Reason（暫時失去理智）。根據《牛津英文字典》，這個搞混的問題主要出現在美國。

☑ 棘手單字怎麼用

不要用 momentarily 來代表「立刻」，這會讓人搞混，如果要說「立刻」，就用 in a moment。用 momentarily 來代表「立刻」可能會引發追求語言正統人士的憤怒。

[Lynette is sitting at her computer]
Tom Scavo: What're you doing?
Lynette Scavo: I'm just talking to Porter on Silverfizz.
Tom Scavo: Who is Sarah J from MacArthur High School?
Lynette Scavo: Me! I'm sixteen, cute, I like graphic novels and
Tokyo Police Club.

Tom Scavo: Oh my God! You're pretending to be somebody else!

Lynette Scavo: Our brooding son has a classmate who got arrested for selling drugs, I really think the ends justify the means.

Tom Scavo: We'll address your major ethical breach **in a moment**. What did you find out?

〔琳娜正坐在電腦前〕

湯姆‧史卡沃：妳在做什麼？

琳娜‧史卡沃：在 Silverfizz 社交網站上跟波特聊天。

湯姆‧史卡沃：麥克阿瑟高中的莎拉 J 是誰？

琳娜‧史卡沃：我！十六歲，長得很可愛，喜歡漫畫和東京警察俱樂部樂團。

湯姆‧史卡沃：天啊！妳還假裝別人。

琳娜‧史卡沃：我們憂鬱的兒子有個同學販毒被逮捕，我真的覺得手段不重要，結果對就好了。

湯姆‧史卡沃：我們馬上就來處理妳重大的道德違紀。妳有何發現？

——電視影集《慾望師奶》（*Desperate Housewives*）
道格‧沙文特（Doug Savant）飾演湯姆
費莉希蒂‧霍夫曼（Felicity Huffman）飾演琳娜

Dr. Rodney McKay: I figured out a way to create a glitch that, on my command, should **momentarily** freeze them.

Ronon Dex: How long?

Dr. Rodney McKay: Well, I don't know. That's why I said "**momentarily**."

羅尼·馬凱博士：我想出一個方法可以製造一個小故障，只要我一聲令
下，就可以短暫地把他們凍住。

羅南·戴克斯：凍多久？

羅尼·馬凱博士：這個嘛，我不知道。所以我才說「短暫地」。

——電視影集《星際之門：亞特蘭提斯》（*Stargate: Atlantis*）
大衛·休里特（David Hewlett）飾演馬凱
傑森·莫摩（Jason Momoa）飾演戴克斯

---

25 成立於倫敦，為英國 1970 年代的知名搖滾樂團，其重要地位對於後起的數個樂團
有極大的影響力。

Myriad

無數

☑ 棘手問題在哪裡

有些資料說 a myriad of（大量）這種用法是不可以的，但也有些資料說沒問題。

《美國傳統當代英語用法詞典》提到，把 myriad 當名詞使用，早就是英文史上歷史悠久的作法，例如 a myriad of（許多），而把 myriad 當形容詞用是十九世紀初才開始的，例如 in myriad ways（以各式各樣的方法），而且最初只用於詩作。其他備受推崇的寫作指南也認同 a myriad of 的用法是可以的，不過美聯社的寫作指南提到 myraid 這個字時寫道：「這個字後面不可以接 of」，因此，只熟悉美聯社指南的作者就會認為 a myriad of 是錯的。

Cheese covers a **myriad** of sins.

起司可以掩蓋無數罪惡。

——電視影集《甜蜜妙家庭》（*7th Heaven*）
潔西卡・貝兒（Jessica Biel）飾演瑪麗（Mary）

Books grant us **myriad** possibilities: the possibility of change, the possibility of illumination.

書給了我們無數的可能性：改變的可能，啟蒙的可能。

——《深夜裡的圖書館》（*The Library at Night*）
阿爾維托・曼古埃爾（Alberto Manguel）著

這個字的複數（myriads）意思是指「數量龐大」，有人認可，也有人皺眉而表示不認同。

One of the proofs of the immortality of the soul is that **myriads** have believed it. They also believed the world is flat.

靈魂不朽的證據之一是：無數人相信。這些人同時也相信世界是平的。

——馬克·吐溫（Mark Twain）

☑ 棘手單字怎麼用

請放心使用 a myriad of，除非你得遵照美聯社的寫作指南。不過，也要有心理準備，用 a myriad of 可能偶爾會招來非議。

Neither...Nor
既不……也不……

☑ 棘手問題在哪裡

用 neither... nor 這種句型的時候，該用單數動詞還是複數動詞，是很傷腦筋的事。

用 neither... nor 這種句型的時候，人們似乎常會錯誤地使用複數動詞，殊不知，其實要依照最靠近的名詞或代名詞來決定動詞的單複數。

- 單數＋複數＝複數動詞

  Neither milk nor cookies *are* on the menu.

  牛奶和餅乾都沒列在菜單上。

- 複數＋單數＝單數動詞

  Neither cookies nor milk *is* on the menu.

  餅乾和牛奶都沒列在菜單上。

- 複數＋複數＝複數動詞

  Neither brownies nor cookies *are* on the menu.

  布朗尼和餅乾都沒列在菜單上。

- 單數＋單數＝單數動詞

  Neither milk nor orange juice *is* on the menu.

  牛奶和柳橙汁都沒列在菜單上。

同樣的規則也適用於 either or（兩者任一）句型。

☑ 棘手單字怎麼用

　　請記得，由最靠近動詞的名詞來決定動詞的單複數；此外，如果可以的話，後面最好盡量用複數動詞。

Neither love **nor** evil conquers all, but evil cheats more.

愛和邪惡都無法戰勝一切，不過邪惡比較能夠欺騙。

──《天空藍的罪惡》（*Cerulean Sins*）
洛羅・漢彌爾頓（Laurell K. Hamilton）著

Next

下一個

☑ 棘手問題在哪裡

用來形容星期幾的時候，大家對 next 到底指哪一天，往往無法確定。

有人認為 next Friday 就是即將到來的那個週五，但也有人認為，不管今天是這個禮拜的禮拜幾，next Friday 就是指下個禮拜的週五，這禮拜則不算。

☑ 棘手單字怎麼用

Next Friday 並沒有明確指是哪一個週五，容易造成混淆，所以請避免用 next 來形容星期幾，盡量更具體一點。

Sid: Well I'm going down to visit my sister in Virginia **next** Wednesday, for a week, so I can't park it.

Jerry: This Wednesday?

Sid: No. **next** Wednesday, week after this Wednesday.

Jerry: But the Wednesday two days from now is the **next** Wednesday.

Sid: If I meant this Wednesday, I would have said this Wednesday. It's the week after this Wednesday.

席德：下個禮拜三我要南下去維吉尼亞州看我姐姐，去一個禮拜，所以我不能停車。

傑瑞：這個禮拜三？

席德：不是，是下個禮拜三，這個禮拜三過後那個。

傑瑞：可是兩天後的禮拜三就是下個禮拜三啊。

席德：如果我說的是這個禮拜三，我就會說這個禮拜三。我指的是這禮拜三過後那個禮拜。

——電視影集《歡樂單身派對》（*Seinfeld*）
傑瑞・賽菲爾德（Jerry Seinfeld）飾演傑瑞
傑・布魯克斯（Jay Brooks）飾演席德

Noisome

惡臭的

☑ 棘手問題在哪裡

其中，noisome 跟 noise（噪音）一點關係也沒有。

Noisome 的發音跟 noise 很像，但意思完全不同。某個 noisome 的東西會讓你的鼻子不舒服，而不是你的耳朵。Noisome 的意思是「討人厭的，令人作嘔的」，不過在實際使用上幾乎只用來形容氣味。

☑ 棘手單字怎麼用

請記得，noisome 的意思是「很臭的」。如果在句子中使用 noisome 很可能讓容易誤解的讀者誤會為 noisy（吵雜的），那就不要用。

快速記憶撇步

在記憶這個字的時候，與其把重點放在容易誤解的拼字上，不如放到發音上。Noisome 來自中古時期的英文字 annoy（惹惱），就把 noisome 想成是 annoy-some。

"Amsterdam," I say, "would be superb were it not for its stinks." Murray says, "There is a good deal of mud deposited at the bottom of the canals, which, when disturbed by barges, produces a most **noisome** effluvia when the water is said to 'grow.' Machines are constantly at work to clear out the mud, which is sent to distant parts as manure."

我說：「如果不要那麼臭，阿姆斯特丹就棒極了。」莫瑞說：「有大量的泥漿沉積在運河底部，只要大型遊艇一攪動，據說水就會『成長』，產生最令人作嘔的臭味。一直不斷有機器在運作清理這些泥漿，運到遠處當肥料。」

——《小旅行》（*Tiny Travels*）
傑瑞・艾緒比史泰瑞（J. Ashby-Sterry）著

None

一個也沒

☑ 棘手問題在哪裡

None 可以當單數，也可以當複數，不過有人認為只能當單數來使用。

None 通常是指 not one（一個都沒有），後面會接名詞以及單數動詞。

不過，有時候 none 是指 not any（沒有任何一個），就會讓句子產生複數的感覺，這時候 none 後面就可以接複數動詞。

You will find that I will only truly have left this school when **none** here are loyal to me.

你會發現，直到這裡沒有任何一個人對我忠心的時候，我才會真正離開這所學校。

—— 《哈利波特：消失的密室》（*Harry Potter and the Chamber of Secrets*）
J.K. 羅琳（J. K. Rowling）著

☑ 棘手單字怎麼用

如果在 none 後面接複數動詞，可能會遭到不知情的人責怪，不過別害怕，只要這麼用能讓句子比較清楚，那就放膽使用。

話雖如此，none 代表 not one 的機率還是多於代表 not any 的機率，而且 none 後面接複數名詞的時候，很容易就會犯錯而直接用複數動詞。要是你不確定用單數還是複數，那就用單數。

Odds

可能性

☑ 棘手問題在哪裡

很多人都不太了解 odds 的意思。

從數學上來看，odds（可能性）和 probability（或然性）並不一樣，只是很多人會在口語上把這兩個字當成同義字。更複雜的是，同一件事，用 odds 來形容卻會有不同的角度。比方說，某個人可能會認為，一個骰子丟出六點與非六點的 odds（機會）是 1 to 5 in favor（一比五的勝算），另一個人可能會說這是 5 to 1 against（五比一的敗率）。

如果用 high odds 來形容一件事，就會出現兩種可能的解讀方式，一是極為可能，一是極為不可能。同理，用 low 來形容 odds 也會出現同樣的困擾。

☑ 棘手單字怎麼用

如果你要說「某事很有可能發生」，就說 there's a good chance 或是 high probability，如果非用 odds 不可，就說 good odds（很有可能）或 bad odds（很不可能），不要用 high odds 或 low odds。

Happy Hunger Game! And may the **odds** be ever in your favor.
祝你玩飢餓遊戲快樂！希望勝算在你這一方。

—— 《飢餓遊戲》（*The Hunger Games*）
蘇珊·柯林斯（Suzanne Collins）著

OK

好

☑ 棘手問題在哪裡

這個眾人皆知的美語肯定語有兩種拼法。

OK 是在 1830 年代源自美國，很像現在的簡訊縮寫一樣，OK 最初也是個縮寫，是把 all correct 誤拼成 oll korrect，然後才又再簡寫成 OK。根據《牛津英文字典》，okay 這種拼法一直到 1895 年才出現。

如今，這兩種寫法和平共存著，比方說，美聯社建議用 OK，而《芝加哥寫作格式手冊》建議用 okay 的寫法。

☑ 棘手單字怎麼用

如果你是受人所雇用，就使用老闆建議使用的寫作指南中的推薦拼法；如果是自己的寫作模式，就挑一個你喜歡的拼法，前後一致地使用。

One out of four people in this country is mentally unbalanced.
Think of your three closest friends; if they seem **OK**, then
you're the one.

這個國家每四個人就有一個是精神錯亂。想想你最親近的三個朋友，如果
他們看起來都沒問題，那你就是有問題的那一個。

──安・藍德絲（Ann Landers）撰寫之諮商專欄

One 一

☑ 棘手問題在哪裡

在 one in five 以及 one of the people who 這樣的句子結構中，很難斬釘截鐵地確定是單數還是複數。

One-in-five people struggles with subject-verb agreement（五個人當中就有一個很難確定主詞與動詞的單複數一致性），以上這個句子中，one 是主詞，而大多數寫作指南都說這裡的動詞該用單數，因為是由 one 決定，不是由 people。持反對意見的人認為，作者用 one-in-five people 的時候，通常不是指「單一某一個人」，而是指「兩成的人」，也就是有複數的意味。

One of the people who struggle with subject-verb agreement just threw a book out the window（受困於主詞與動詞單複數一致性問題的人當中，有一個人就把書丟出窗外），以上這個句子中，有些寫作指南會說，of the people who struggle with subject-verb agreement 裡頭是由 people 來決定動詞的單複數，所以應該用複數動詞。不過，你會發現有許多的寫作指南對此用法相當不以為然。

☑ 棘手單字怎麼用

如果你喜歡照文法規則走，one-in-five 這種句型的後面就用單數動詞，one-of-the-people-who 這種句型的後面就用複數動詞。

不過，反對上述規則的專家也為數不少，所以你也可以選擇聽起來最順耳的說法。

Tell me, is it **one** in four marriages that end in divorce these days, or **one** in three?

告訴我，這年頭是四分之一的婚姻會以離婚收場嗎？還是三分之一？

——電影《BJ 單身日記》（*Bridget Jones's Diary*）
芮妮・齊薇格（Renee Zellweger）飾演布莉琪（Bridget）

※ 此處採用複數動詞。

According to the large survey by the European Committee in all EU Member States just **one** out of ten European citizens does not see climate change as a "serious problem."

根據歐盟委員會的大規模調查，所有歐盟會員國當中，只有十分之一的歐盟公民不認為氣候改變是「嚴重的問題」。

——《哈芬頓郵報》（*The Huffington Post*）
羅夫・夏特漢（Rolf Schuttenhelm）

※ 此處採用單數動詞。

Orientate

向東

☑ 棘手問題在哪裡

Orient 和 orientate 的意思一模一樣。

動詞 orient 比較早出現，不過它的死對頭 orientate 自從十九世紀中葉也已經存在了。orient 和 orientate 這兩種拼法都可以，不過美式英語比較喜歡用 orient，而英式英文比較偏好使用 orientate。

很多新字往往是加字尾而形成的，例如 syndication 就是在動詞 syndicate 加上字尾 ion，不過也可能反其道而行：去掉字尾來造新字。比方說，edit 這個字就是將 editor 的字尾 or 去掉而來的，這稱為「逆成法」（back formation），而辭典編纂者也認為 orientate 這個字就是用這種方法演變而來的，是將 orientation 的字尾 ion 去掉而成。

☑ 棘手單字怎麼用

如果是美式英文，就用 orient。

The way you move—you **orient** yourself around him without even thinking about it. When he moves, even a little bit, you adjust your position at the same time. Like magnets...

你的動向——不假思索的，總是朝著他。當他移動，即使只是一點點，你就同時調整自己的位置，像是磁鐵一樣……或是地心引力，你就像一個……衛星之類的。

——《暮光之城：蝕》（ *The Twilight Saga: Eclipse* ）
史蒂芬妮‧梅爾（Stephenie Meyer）著

Out Loud
唸出聲音來

☑ 棘手問題在哪裡

在古時候，用 aloud 才是有唸過書的象徵。

二十世紀初，一些寫作指南作者對 out loud 嗤之以鼻，說這是「口語用法」，如今，out loud 和 aloud 都可以用，只是 aloud 仍然有比較博學、正式的感覺。

使用偏好似乎也跟上下文用字有關。read aloud 和 said aloud 比 read out loud 和 said out loud 更常見於書裡。不過，say it out loud 比 say it aloud 更常見。不意外，laugh out loud 在 1975 年左右勝過 laugh aloud，此後一直佔上風。

☑ 棘手單字怎麼用

哪個用法用起來比較自然就用哪個。不過，在比較嚴肅或正式的場合，例如在教會裡請某人唸出聲來，用 aloud 比較恰當。

I thought such awful thoughts that I cannot even say them **out loud** because they would make Jesus want to drink gin straight out of the cat dish.

我想過的念頭可怕至極，我甚至不能說出口，因為會讓耶穌想從貓的碗盤裡直接喝琴酒。

——《走過慈悲》（*Traveling Mercies*）
安‧拉莫特（Anne Lamott）著

I was talking **aloud** to myself. A habit of the old: they choose the wisest person present to speak to.

當時我在對自己說話，說出聲。老人的一個習慣：他們會選擇在場最有智慧的人，對他講話。

——《魔戒二部曲：雙城奇謀》（*The Lord of the Rings: The Two Towers*）
J. R. R. 托爾金（J. R. R. Tolkien）著

Over

超過

☑ 棘手問題在哪裡

很多人被教導不要用 over（超過）來代表 more than（多過），可是這條規則毫無根據。

不論是 more than 或 over 都有好幾種意思，不過如果放在數字前面時，兩者的意思通常是一樣的：

More than twenty camels performed a ballet.

二十隻以上的駱駝表演了一場芭蕾舞。

Over twenty camels performed a ballet.

超過二十隻的駱駝表演了一場芭蕾舞。

之所以會出現 over 不可代表 more than 的規則，是起源自 1877 年一位深具影響力的《紐約晚間郵報》（*New York Evening Post*）編輯。儘管沒有什麼理由根據，他的話卻擴散到整個報紙業界的寫作指南，成為《韋氏英文用法字典》所說的「美國報界的一項古老傳統」（hoary American newspaper tradition）。

幾乎所有現代寫作指南都強烈反對這條「規則」。《嘉納現代美語用法》說那是「天外飛來的奇想，毫無根據」（baseless crotchet），《美國傳統當代英語用法詞典》則表示可以「放心地置之不理」（safely ignored），就連兼顧上述「美國報界古老傳統」的《美聯社寫作格式書》的最新版本也對 over 的立場稍微軟化，只說要接數字的話，「用 more than 較佳」，但並沒指出用 over 是錯誤用法。

☑ 棘手單字怎麼用

　　除非你服務的出版單位必須遵照美聯社的寫作指南，不然就安心使用 over 來代表 more than。

Miracle of love. You're **over** twice as likely to be killed by the person you love than by a stranger.

愛的奇蹟。你被自己所愛的人殺害的機率，是被陌生人殺害的機率的兩倍以上。

——電視影集《怪醫豪斯》（*House M.D.*）
休・羅力（Hugh Laurie）飾演豪斯醫生（Dr. Gregory House）

Now, you listen to me, officer. I do not take kindly to you shining your light in the eyes of my female companion. And as I have **more than** 100 years on you, I do not take kindly to you calling me "son."

現在，你聽著，長官。我不喜歡你對著我女伴的眼睛放電。還有，我的功力多你一百年，我不樂意接受你叫我「孩子」。

——電視影集《嗜血真愛》（*True Blood*）
史帝芬・莫爾（Stephen Moyer）飾演比爾・康普頓（Bill Compton）

Pair

一對

☑ 棘手問題在哪裡

人們對 pair 一字常感到困惑，到底是單數還是複數？什麼時候又該用複數的 pairs？

所謂的 a pair 是指「成雙成對的東西」，可是 a pair of 可以當單數也可以當複數，正是詭異的英文動詞之一，也就是像 couple 一樣，可以是單數也可以是複數，這都端看你心裡想的到底是什麼。

A **pair** of papers... has been submitted to Astronomy and Astrophysics, describing the planets.

一雙論文……已經遞交給天文與天體物理學機構，解釋行星。

——《紐約時報》（*The New York Times*）
丹尼斯・歐佛拜（Dennis Overbye）撰

In the crowd, furious but friendly arguments were taking place as surrounding groups watched, much the way one-on-one basketball games are enjoyed in urban America. One **pair** was arguing the merits of salvaging at least a bit of the Russian language as Ukrainians try to move forward into independence.

群眾中，正在上演激烈但和善的爭辯，周圍群眾看著，很像在美國城市觀賞一對一籃球比賽。有一對正在爭論廢物回收利用的優點，至少有點像俄語，在這烏克蘭人試圖走向獨立之際。

——《紐約時報》（*The New York Times*）
法蘭西斯・克藍斯（Francis X. Clines）撰

有時候你會看到把 pair 當複數名詞（pair 的字尾沒加 s），可是當複數用的時候最好要用 pairs。

☑ 棘手單字怎麼用

如果要形容不只一對的時候，應該用複數 pairs，例如 I own one **pair** of pants.[26]（我有一件褲子。）或是 I own eight **pairs** of pants.（我有八件褲子。）

A pair of 後面可以接單數動詞，也可以接複數動詞，要看你的意思為何而定，請選擇最能表達句意的單複數。

---

26 「褲子」的英文單字即為 pants，因為有兩個褲管所以加上 s。

Percent

百分比

☑ 棘手問題在哪裡

對數學不拿手的人，可能會混淆 percent（百分比）和 percentage point（百分點）兩個字。

寫作時，如果要提到 percent 的增加或減少，要特別注意到底是百分比的增減，還是百分點的增減，這相當重要。

舉個例子，如果去年有百分之六（6 percent）的學生參加游泳比賽，今年有百分之八（8 percent）的學生參加，那就是增加了百分之三十三（33 percent），不過是增加了兩個百分點（2 percentage points）。

你看，是不是用百分比或百分點的不同，就可以出現這麼戲劇性的差異？所以如果你用錯字，可能就會跟事實相差甚遠了。

☑ 棘手單字怎麼用

提到百分比的增減時，請特別小心。

Darnell Jackson: Uh, what **percentage** in chance does my friend, Aki, have of sleeping with you?
Yun: Zero **percent**.
Darnell Jackson: One more question, please. What if he's a professional break-dancer?

Yun: Two **percent**.
Aki: Mathematically that's an infinity **percent** increase.

達內爾‧傑克森：呃，我朋友阿奇跟妳上床的機會有多少百分比？

圓：百分之〇。

達內爾‧傑克森：再請教一個問題。要是他是個專業的霹靂舞舞者呢？

圓：百分之二。

阿奇：就數學上來看，這樣的百分比增幅可是無限大。

——電影《街舞新曲》（*Kickin' It Old Skool*）
小米蓋爾紐納茲（Miguel A. Nunez Jr.）飾演達內爾
綺拉‧克萊薇兒（Kira Clavell）飾演圓
巴比‧李（Bobby Lee）飾演阿奇

Peruse

細讀

☑ 棘手問題在哪裡

Peruse 的意思常常被誤解。

Peruse 也就是 read（閱讀）之意，而且已行之數百年。不過，在 1906 年當時，一位具有極大影響力的編輯法蘭克‧維澤特利（Frank Vizetelly），在毫無理由的前提下，宣稱 peruse 應該只有「用心、專心閱讀」（to read with care and attention）的意思。基於他的影響力，這番話被收錄進好幾本著作中，那些書又影響了後來問世的寫作指南。

雖然 peruse 偶爾會拿來當比喻用，但並沒有「瀏覽，隨便看看」（browse）的意思，舉個例子，你不會在某家店裡 peruse（細看）衣服。

☑ 棘手單字怎麼用

你或許一定會用 peruse 來代表「細讀」，不過如果看到有人用來代表「閱讀」，也不必害怕。不建議用 peruse 來代表「略讀」，用來指涉「隨便看看」更明顯是錯誤的用法。

Bessie asked if I would have a book: the word book acted as a transient stimulus, and I begged her to fetch *Gulliver's Travels* from the library. This book I had again and again **perused** with delight.

貝西問我需不需要書：書這個字扮演一時的興奮劑角色，我請她去圖書館拿《格列佛遊記》。我帶著欣喜心情一再地閱讀這本書。

——《簡愛》（*Jane Eyre*）
夏綠蒂·白朗特（Charlotte Bronte）著

Plethora

過多

☑ 棘手問題在哪裡

對於是否可以用 plethora 來代表「很多」，各家寫作指南看法不一。

傳統上，plethora 的意思是「某物多到令人不愉快」（an unpleasant overbundance of something），可是人們常常只用來代表「很多不好的東西」（而不是「太多不好的東西」）或甚至是「很多好東西」。有些寫作指南的作者認為這種用法很不像話，但也有些認為還算是可以接受的用法。

☑ 棘手單字怎麼用

用 plethora 來形容「多到令人愉快」還不算是最糟糕的錯誤，其實這個字的用法正逐漸朝向這個方向在演變，不過目前還是只用來形容「不愉快的事物多到滿出來」就好。

The number of games is obscene...The initial repercussion of this **plethora** of games was to commoditize them all, but with so many games, special places like Notre Dame become more important.

比賽的數量多到不像話……過多的比賽一開始的效應是，把比賽商品化，
可是這麼多比賽的情況下，像巴黎聖母院這樣特殊的地方就更形重要了。

——《紐約時報》（*The New York Times*）
NBC 環球運動頻道（NBC Universal Sports）總裁
肯・相澤（Ken Schanzer）專訪內容

Preventative
預防的

☑ 棘手問題在哪裡

Preventative 跟 preventive 的意思一樣。

通常如果有兩個幾乎一模一樣的字，就算是代表同樣的意思，就像 preventative 和 preventive，大家都會假設其中一個有錯，而且通常是比較長的那個。依照這個邏輯，preventative 是錯的。

不時都會看到有人告誡其他人不要使用 preventative，不過大多數資料都說這個字是標準英文，作為形容詞與名詞的使用已經有長達三百多年歷史了。

☑ 棘手單字怎麼用

或許你一定會選擇使用比較時髦的 preventive，不過如果看到有人喜歡用 preventative，可別責罵他。

Preventive war is like committing suicide out of fear of death.

為了預防敵人來犯而先發制人開戰，就像是因為害怕死亡而自殺一樣。

——德意志帝國首位總理奧托‧馮‧俾斯麥（Otto von Bismarck）

The primary focus for **preventative** care in ferrets should be centered on yearly or biyearly physical examination.

對雪貂的預防性照料，主要重點應該放在一年一度或兩度的健康檢查。

——《寫給獸醫技術員的外來動物醫學》
（*Exotic Animal Medicine for the Veterinary Technician*）
邦妮‧巴拉德（Bonnie M. Ballard）和萊恩‧奇克（Ryan Cheek）

Rack

折磨

☑ 棘手問題在哪裡

在語言中，wrack 逐漸開始侵入 rack 的地盤，不過這兩個字可是不能替換的。

我們會用 rack（架子）來存放香料或曬衣服，不過在中世紀，rack 一字所指的可是折磨他人所用的「刑具」。rack your brain（絞盡腦汁）以及 nerve-racking（傷透腦筋的，使人不安的）當中的 rack 意思是「精神、心理上的折磨」，這個意思就出自 rack 原本就有的「肢體上的折磨」之意。

話又說回來，wrack（毀壞）跟 wreck（破壞）有關，意思主要是指「損害」或「破壞」。由於 rack 和 wrack 發音相近，也有類似的含義，容易搞混，不過 rack your brain 和 nerve-racking 都是固定的片語，就像 wrack and ruin（毀滅殆盡）。

☑ 棘手單字怎麼用

請記得，固定片語用法是 rack your brain 和 nerve-racking。

快速記憶撇步

當你 rack your brain（絞盡腦汁）或參加 nerve-racking（令人緊張不安的）考試時，就想像自己是在中世紀被架上刑台（rack）上拷打。

I think about death all the time, but only in a romantic, self-serving way, beginning, most often, with my tragic illness and ending with my funeral. I see my brother squatting beside my grave, so **racked** by guilt that he's unable to stand. "If only I'd paid him back that twenty-five thousand dollars I borrowed," he says. I see Hugh, drying his eyes on the sleeve of his suit jacket, then crying even harder when he remembers I bought it for him.

我常常思考死亡，不過只是很浪漫、一廂情願式的方式，大部分一開始都是我罹患悲慘的疾病，最後以我的喪禮告終。我看到我的兄弟蹲在我的墓旁，深受愧疚所苦，連站都站不起來，他說：「要是能把我借的兩萬五千元還他就好了。」我看到休，他用西裝外套袖子把眼睛擦乾，然後當他想到西裝是我買給他的，就又哭得更厲害了。

——《當你被烈焰吞噬》（*When You Are Engulfed in Flames*）
大衛・瑟戴瑞斯（David Sedaris）著

Real

真的

☑ 棘手問題在哪裡

Real 不能當副詞，可是這個字確實是副詞。

基本規則很簡單：really 是副詞，如 I really like cheese.（我非常喜歡起司。）的用法。Real 則是形容詞，例如 Nothing beats real Parmesan cheese.（沒有什麼比得上貨真價實的帕瑪森起司了。）

不過，在實際使用上，不管是非正式的對話或是庶民之間的語言，也許是出於自然，或許像政治人物有時候是出於精心盤算，real 也常用來作為加強語氣的副詞，意思是「非常」。

☑ 棘手單字怎麼用

除非要刻意營造口語的氛圍，如以下兩個例子，不然還是盡量避免把 real 當副詞使用。

That's one of those issues that if you don't say exactly the right word, exactly the way somebody expects it, you step on a landmine. That's why we wrote it down. So we could be **real** clear.

那是問題之一，假如你不說正確的話、符合別人的期待，就會踩到地雷，所以我們才寫下來，這樣就能非常清楚。

——美國政治人物賀門・凱恩（Herman Cain）

Why shouldn't I work for the N.S.A.? That's a tough one, but I'll take a shot. Say I'm working at N.S.A. Somebody puts a code on my desk, something nobody else can break. Maybe I take a shot at it and maybe I break it. And I'm **real** happy with myself, 'cause I did my job well. But maybe that code was the location of some rebel army in North Africa or the Middle East. Once they have that location, they bomb the village where the rebels were hiding and fifteen hundred people I never met, never had no problem with, get killed.

我為什麼不應該替國家安全局工作？那是很吃力的工作，不過我會試一試。假設我現在於國家安全局[27]工作，有人把一組密碼放在我桌上，沒有其他人能破解，或許我試試看，或許我會破解，然後我會對自己感到非常高興，因為我工作很稱職。不過也許那個密碼是北非或中東某個反叛軍的所在地點，一旦他們得知那個地點，就會炸掉反叛軍藏身的村莊，一千五百個我從未謀面、無冤無仇的人就這麼喪命。

——電影《心靈捕手》（*Good Will Hunting*）
麥特·戴蒙（Matt Damon）飾演威爾（Will）

---

27 美國國家安全局（National Security Agency）為美國政府的情報部門，隸屬於美國國防部，專門負責監聽及分析國外的秘密通訊資料。

Shine

閃耀

☑ 棘手問題在哪裡

動詞 shine 有兩個過去式拼法：shined 和 shone。

Shined 和 shone 都是 shine 的過去式，有些資料建議，如果後面有接受詞，也就是指「照耀著某物」的用法時，過去式就要用 shined。如果不是該情形，而是主動式的「自己閃閃發亮著」，就用 shone。

此外，也要看上下文的意思，如果你的意思是「擦亮」，這時只能用 shined，例如：He shined his shoes.（他擦亮他的鞋子。）

☑ 棘手單字怎麼用

請遵照傳統規則，有受詞就用 shined，沒受詞就用 shone，除非你有很好的理由不按照規則來。

快速記憶撇步

it's shone when alone 這句朗朗上口的話可以幫助你記得，當動詞是 alone（孤伶伶）的時候（也就是不接受詞），就用 shone。

Mr. Robinson was a polished sort of person. He was so clean and healthy and pleased about everything that he positively **shone**—which is only to be expected in a fairy or an angel, but is somewhat disconcerting in an attorney.

羅賓森先生是個優雅的人。他很乾淨、健康，對他樂觀看待的每樣事物都很開心——這只有在仙女或天使身上才會看到，不過對一個律師來說卻有點叫人不安。

——《英倫魔法師》（*Jonathan Strange & Mr. Norrell*）
蘇珊娜．克拉克（Susanna Clarke）著

If you want the law to leave you alone, keep your hair trimmed and your boots **shined**.

如果你希望法律離你遠遠的，那就把你的頭髮修齊，把鞋子擦亮。

——《名叫努恩的男人》（*The Man Called Noon*）
路易斯．拉摩（Louis L'Amour）著

Since

自從，由於

☑ 棘手問題在哪裡

Since（自從）也可以做「因為」解釋，可是有時候容易造成模稜兩可的情況。

Since（自從）一字中隱含著時間的元素，不過 since（由於）和 because（因為）也一直都是同義字，年代已相當久遠。**Since** we still had money in our pockets, we decided to try blackjack. 這個句子，就等同於 **Because** we still had money in our pockets, we decided to try blackjack. 的句意，都是指「由於我們的口袋還有錢，所以決定去試試二十一點」的意思。

不過，有時候同一個句子裡的 since 可以有兩種解讀方式，可作為「因為」跟「自從」，這時候如果是要表達「因為」就該避免使用 since 一字。請看看杭特・湯普森（Hunter S. Thompson）這個模稜兩可的句子：Life has become immeasurably better **since** I have been forced to stop taking it seriously.。他的意思大概是「自從他不得不停止認真看待，他的生活就大大變好了。」不過也有可能意思是「因為他不得不停止認真看待，所以他的生活大大變好了。」

☑ 棘手單字怎麼用

不要害怕把 since 當成 because 的同義字來使用，只是要注意不要寫出模稜兩可的句子。

Laughter and tears are both responses to frustration and exhaustion... I myself prefer to laugh, **since** there is less cleaning up to do afterward.

笑與淚都是挫折和疲累的反應……我個人比較喜歡笑，因為事後比較不需要清理。

——《聖棕樹節》（*Palm Sunday*）
克特・馮內果（Kurt Vonnegut）著

Fear isn't so difficult to understand. After all, weren't we all frightened as children? Nothing has changed **since** Little Red Riding Hood faced the big bad wolf. What frightens us today is exactly the same sort of thing that frightened us yesterday. It's just a different wolf.

恐懼不是那麼難以理解，畢竟，我們小時候不是都會害怕嗎？自從小紅帽面對大惡狼至今，一切都沒什麼改變，今天會令我們害怕的東西，正是昨天會令我們害怕的東西，那只是另一匹狼罷了。

——夏洛特・錢德樂（Charlotte Chandler）
在《只不過是一部電影》（*It's Only a Movie*）[28] 一書中
引述艾佛瑞德・希區考克（Alfred Hitchcock）

---

28 此書為知名電影導演希區考克的個人傳記，作者以多年時間和及其家人長談他的事業和人生，講述這位大師的傳奇性電影人生，其知名的經典作品有《迷魂記》、《驚魂記》、及《後窗》等。

Slow

緩慢的

☑ 棘手問題在哪裡

部分受到誤導的頑固之人常常堅持 slow 絕不是副詞。

英文有所謂的「無詞尾副詞」（flat adverb），也就是字尾不變化的副詞，也就是形容詞也可以當副詞用，例如 slow、quick、loud，而這些字其實另外還有副詞形式，也就是以 -ly 結尾的副詞，例如 slowly、quickly、loudly。雖然可以用 -ly 結尾的副詞來修飾動詞，例如 drive slowly。但是，用無詞尾副詞也是可行的，例如 drive slow。

儘管有些頑固人士對 drive slow 頗有微辭，而「怪人奧爾」揚科維奇（Weird Al Yankovic）[29] 就是其中一個，他甚至做了一支有趣的影片來批評。不過，各大寫作指南和字典都說 flat adverb 的用法是沒問題的，就連以《英文寫作風格的要素》（*Elements of Style*）聞名於世的威廉·史壯克（William Strunk）也說：「要是不知道某個字怎麼唸，大聲唸出來就是！」（If you don't know how to pronounce a word, say it loud!）詩作與文學作品裡也常可以見到使用無詞尾副詞的例子。

☑ 棘手單字怎麼用

在某些情況下，例如寫履歷表的時候，你可能會擔心被當成犯錯而不敢使用無詞尾副詞，不過在一般書寫中，要是使用無詞尾副詞比較適合，那就放膽使用。

Talk low, talk slow, and don't say too much.

低聲說，慢慢說，不要說太多。

——米高・肯恩（Michael Caine）
在《好萊塢的大象》（*The Elephant to Hollywood*）一書中
引述約翰・韋恩（John Wayne）

---

29 本名為阿爾弗雷德・馬修・揚科維奇（Alfred Matthew Yankovic），以惡搞風格聞名的美國創作型歌手、音樂製作人、演員。

Smokey

冒煙的

☑ 棘手問題在哪裡

這個字有兩種拼法。

這個字的相關用法和人名有歌手 Smokey Robinson（斯墨基·羅賓森）、美國林務局吉祥物 Smokey the Bear（斯墨基熊，當局用來宣導民眾防範森林火災）[30] 以及電影中文片名為《上天下地大追擊》的（*Smokey and the Bandit*），如果你以為「木材燃燒冒出的味道」就該拼成 smokey，那也情有可原，不過你還是錯了，正確的拼法是 smoky。除非是在講如 Smokey the Bear 這種執法人員或單位的小名，那就可以拼成 smokey，不然的話就把 e 拿掉。

☑ 棘手單字怎麼用

Tina: [concerned about a sniper outside] But what happens if he hits the gas tank?

Matt Helm: **Smokey** the Bear won't like it. Get in.

蒂娜：〔擔心外面的狙擊手〕可是要是他射中油箱會怎麼樣？

麥特·漢牡：斯墨基熊不會喜歡這種情況的，快進來。

——電影《超級情報員》（*The Silencers*）
戴麗亞·李哈薇（Daliah Lavi）飾演蒂娜
狄恩·馬丁（Dean Martin）飾演麥特·漢牡

[cooking a mushroom over the chimney] The key is to keep turning it to get the **smoky** flavor nice and even.

〔用煙囪料理蘑菇〕關鍵是要不斷轉動，好讓煙味平均滲入。

——電影《料理鼠王》（*Ratatouille*）
派頓・歐斯華（Patton Oswalt）為雷米（Remy）一角配音

---

30 美國林務局用此吉祥物來向民眾宣導防範森林火災的重要性。

South

南方

☑ 棘手問題在哪裡

像 south 這種指示方向的用字有時候會大寫，有時候不會。

要指出某個方向時，south 要用小寫，例如 The map is behind a secret door on the south wall.（地圖在南邊牆一道暗門後面。）

不過，要指出特定的某個地區時，South 就要大寫，如亞特蘭大、紐奧爾良、阿拉巴馬都在 South（南方），而不是 south。同理，其他方向詞如果也作地區名稱，就要大寫，例如：Midwest（中西部）、Northeast（東北部）、Northwest（西北部）、Middle East（中東）等等。通常，要是該名稱前面有 the，就一定要大寫：He's from the South.（他來自南方。）

方向詞用來形容人的時候，各家寫作指南提供的建議不盡相同，比方說，有「南方人」時，《芝加哥寫作格式手冊》建議使用小寫的 southerner，而美聯社建議用大寫的 Southerner。

This is Berk. It's twelve days north of Hopeless and a few degrees **south** of Freezing to Death. It's located solidly on the Meridian of Misery.

我是柏克。這裡是「無望」以北十二天路程、「凍死」以南幾度之處，就穩穩位於「悲慘之最」。

——電影《馴龍高手》（*How to Train Your Dragon*）
傑‧巴魯契（Jay Baruchel）為小嗝嗝（Hiccup）一角配音

Here's a soldier of the **South** who loves you, Scarlett. Wants to feel your arms around him, wants to carry the memory of your kisses into battle with him. Never mind about loving me, you're a woman sending a soldier to his death with a beautiful memory. Scarlett! Kiss me! Kiss me... once...

郝思嘉，這是一個愛妳的南方軍人，想感覺妳的手臂環繞著他，想把妳親吻的記憶隨身帶上戰場。不要在乎要愛我，妳這個女人用一段美麗的記憶送一個軍人去死。郝思嘉！吻我！吻我⋯⋯一次⋯⋯

——電影《亂世佳人》（*Gone With the Wind*）
克拉克・蓋博（Clark Gable）飾演白瑞德（Rhett Butler）

Team

團隊

☑ 棘手問題在哪裡

人們往往不知道像 team 這樣的集合名詞是單數還是複數。

英文單字 team（團隊）、committee（委員會）、board（董事會）、band（樂團）都是由許多人所組成的團體，不過這幾個字都是集合名詞。在美國，大家通常把集合名詞視為單數。此外，在英國，作家們比較可能把集合名詞視為複數。

不過，若提到了這些團隊的名稱，卻又是另外一回事了。規則不是很明確，而且大部分作家對這些名稱的處理方式也不一，端視當下句子要表達的語意是單數還是複數。比方說，我們會寫複數型態的 Beatles are one of the bestselling **bands** of all time.（披頭四是史上最暢銷的樂團之一。）但也會使用單數型態的 Radiohead **is** on tour.（電台司令樂團正在巡迴演唱。）

☑ 棘手單字怎麼用

如果在美國，就把 team 等集合名詞當成單數，團隊的名稱也當成單數，除非該名稱本身唸起來就是複數。

Your **team** is dealing with the Great Mayonnaise Panic of 2007. I'm worried it might spread to other continents.

你的團隊正在處理二〇〇七年的美乃滋大恐慌，我很擔心可能會擴散到其他大陸。

——電視影集《怪醫豪斯》（*House M.D.*）
麗莎・艾道絲汀（Lisa Edelstein）飾演麗莎・卡狄醫生（Dr. Lisa Cuddy）

James Stamphill: How do you think the Yankees will do against the Redskins this year?
Henri Young: The Yankees are a baseball **team**. The Redskins are a football **team**. Personally, I think the Redskins would kick the ****[31] out of them.

詹姆士・史丹菲爾：你覺得今年洋基隊對戰華盛頓紅人隊會如何？
漢瑞・楊：洋基是棒球隊，紅人是美式足球隊。依我個人之見，紅人隊可能會把他們打得屁滾尿流。

——電影《1996 黑獄風雲》（*Murder in the First*）
克利斯汀・史萊特（Christian Slater）飾演詹姆士・史丹菲爾
凱文・貝肯（Kevin Bacon）飾演漢瑞・楊

---

31 作者以米字號取代不雅字眼。

Than I vs. Than Me
比我

☑ 棘手問題在哪裡

Nobody loves grammar more than I / me（沒有人比我還喜歡文法了）這個句子到底該用 I 還是 me？

句子如果以 than me 收尾，有時候最造成模稜兩可。比方說，You like Quinn more than me. 這個句子可能意指「你喜歡昆恩勝過喜歡我」，也可能是「你喜歡昆恩勝過我喜歡昆恩」。

Finn Hudson: Okay, Rachel, since this is your first time at this, I'm gonna break it down for you. Guys and girls fall into certain archetypes when they get drunk. Exhibit A: Santana, the weepy, hysterical drunk.

Santana Lopez: [Weeping at Sam] You like her **more than me**. She's blonde and awesome and so smart. Admit, just admit it! No, kiss me!

芬恩‧哈德森：好吧，瑞秋，念在這是妳的第一次，我就解釋給妳聽。男生和女生酒醉的時候都會現出某種原形。證物 A：珊塔娜，屬於哭哭啼啼又歇斯底里的酒醉類型。

珊塔娜‧羅培茲：〔對著山姆哭哭啼啼〕你喜歡她勝過我。她是金髮美女，優秀又聰明。承認吧，就承認吧！不，吻我！

——電視影集《歡樂合唱團》（*Glee*）
柯瑞‧蒙提斯（Cory Monteith）飾演芬恩
娜雅‧李薇拉（Naya Rivera）飾演珊塔娜

☑ 棘手單字怎麼用

　　如果句子以 than me 結尾會有模稜兩可之嫌，而用 I 收尾又會覺得話沒說完，那就在後面加上可以讓意思更清楚的字，例如 You like Quinn more than I do.（你比我喜歡昆恩。）再加上 do 之後讓對方更易懂。

　　此外，還要記得，即使在不會造成模稜兩可的情況下，than I 還是比 than me 的語氣更正式一點，你必須隨時想到聽者是誰，再做出適當的選擇。Quinn is smarter than I 比 Quinn is smarter than me 更不帶感情一點，聽起來也比較專業一點。

Blair Waldorf: What are you doing here? Making sure the Dean knows it's all my fault?

Serena Van Der Woodsen: No. I came to tell him that Yale is your dream and you deserve to go here **more than I do**. What are you doing here?

Blair Waldorf: Doing the same thing for you.

布萊兒・華爾道夫：妳在這裡做什麼？確認院長知道都是我的錯？
瑟琳娜・范・德・伍德森：不是，我是來告訴他，耶魯是妳的夢想，妳比我更配得上來這裡唸書。那妳又在這裡做什麼？
布萊兒・華爾道夫：為妳做同樣的事。

――電視影集《花邊教主》（*Gossip Girl*）
蕾頓・米絲特（Leighton Meester）飾演布萊兒
布蕾克・萊芙莉（Blake Lively）飾演瑟琳娜

They

他們

☑ 棘手問題在哪裡

英文的單數代名詞都是性別分明，所以如果不知道性別的情況下，就不知道該用哪個代名詞。

英文有個大漏洞：如果不知道性別，就不知道該用哪個代名詞來形容。我一直都用 it 來指稱嬰兒，不過不是那麼好，以前用 he 是個可接受的通稱，可是現今也不行了，幾乎所有權威的寫作指南都建議不要用 he。

於是，很多人有意或無意開始使用 they，例如 Tell the next caller they win a car.（告訴下一個來電者，他們贏得一部車。）這種作法其實比大部分人所了解的還要歷史悠久，當今許多寫作指南也允許此說法。雖然有很多人認為這種用法是錯的，但是我很懷疑那些人在平常對話就會這麼用，只是他們不自知而已，我猜想這種用法在未來的五十年就會完全被接受。

用單數代名詞開頭但是有複數意味的句子（例如 everyone），往往特別容易讓人在後面的句子中使用 they 或 their 來當做單數代名詞。

☑ 棘手單字怎麼用

如果不想被人誤以為你寫錯了，例如寫履歷表求職的這種重要時刻，就要把句子改寫一下，避免把 they 當成單數代名詞。比較簡單的解決方法是，用複數當主詞就可以。

Everybody around her was gay and busy; each had **their** object of interest, **their** parts, **their** dress, **their** favorite scene, **their** friends and confederates: all were finding employment in consultations and comparisons, or diversion in the conceits **they** suggested.

她身邊每個人都很歡樂又忙碌，每個都有自己有興趣的目標、自已的角色、自己的洋裝、自己喜歡的愛好、自己的朋友和盟友：所有人都找到諮商與陪伴的對象，或是在自己調皮的奇想中找到消遣。

——《曼斯菲爾莊園》（*Mansfield Park*）
珍‧奧斯汀（Jane Austen）著

※ each 是單數，但是珍‧奧斯汀卻使用 their。

Everybody is always supposing that I'm not a good walker; and yet **they** would not have been pleased if we had refused to join them.

每個人都老是以為我不擅長走路，可是如果我們拒絕加入他們，他們又會不高興。

——《勸服》（*Persuasion*）
珍‧奧斯汀（Jane Austen）著

※ everybody 是單數，可是奧斯汀卻用 they。

Toward
朝向

☑ 棘手問題在哪裡

有時候會看到 toward 的用法，有時候又會看到 towards。

在美國一律都會用 toward，不過，英國人往往會用 toward 當形容詞、towards 當副詞，這對美國人閱讀英國書刊的時候會造成一些混淆。

所有以 ward 結尾的字都是如此，美國人慣用的是 afterward、outward、forward、backward 等等。

☑ 棘手單字怎麼用

請用這一招快速記憶法：如果要快速記住該字美國的拼法是 toward，就想像美國人喜歡抄捷徑，所以會刪掉 s。

May I have everyone's attention, please? We're evacuating into outer space, with literally infinite directions in which to flee. However, we have decided that our transports will travel directly **toward** the fleet of Star Destroyers. Any questions?

可以請大家注意這邊嗎？我們要疏散到外太空，有無限多的方向可逃離。不過，我們已經決定我們的運輸工具會直接開往殲星艦。有任何問題嗎？

——電視卡通影集《蓋酷家庭》（*Family Guy*）
艾力克斯・伯恩坦（Alex Borstein）扮成莉亞公主（Princess Leia）為羅依絲・葛林芬（Lois Griffin）一角配音

Try And

試著

☑ 棘手問題在哪裡

用 try to 比 try and 好。

雖然 try and 這種用法在口語以及非正式寫作中已行之幾百年，但還是常常遭到詬病。古老的寫作指南建議不要用，現在還是常有人說這是小毛病，不過，現代的專家宣稱 try and 只能說是非正式，但不算錯。

看起來，在十九世紀中葉左右，try and 和 try to 的使用頻率是平分秋色的，不過此後，try to 就成為平面媒體的主流。Try and 或許在英國的平面媒體上比在美國更常見一些，不過不管是英國或美國，try to 都是比較常見的用法。

☑ 棘手單字怎麼用

在正式書寫中請避免使用 try and，不過如果看到別人用於談話或電子郵件中，也不要暴跳如雷。

I recognize terror as the finest emotion and so I will **try to** terrorize the reader. But if I find that I cannot terrify, I will **try to** horrify, and if I find that I cannot horrify, I'll go for the gross-out. I'm not proud.

我看出驚恐是最強烈的情緒，所以我將會試圖威嚇讀者。不過如果我發現我威嚇不了，我會試圖驚嚇，如果我發現我驚嚇不了，我會讓他們感到厭惡。我並不會自滿。

——《史蒂芬金的死亡之舞》（*Stephen King's Danse Macabre*）
史蒂芬·金（Stephen King）著

If you **try and** take a cat apart to see how it works, the first thing you have on your hands is a non-working cat.

假如你試過把一隻貓解體來看看牠是如何運作，你手上握著的，將是一隻不會運作的貓。

——道格拉斯·亞當斯（Douglas Adams）
引用於李察·道金斯（Richard Dawkins）所著的
《魔鬼的牧師：反思希望、謊言、科學與愛》
（*A Devil's Chaplain: Reflections on Hope, Lies, Science, and Love*）

Twins

雙胞胎

☑ 棘手問題在哪裡

有些人堅持 a pair of twins 是四個人。

有些過度字斟句酌的人主張，由於 twins 已經是「兩個人」的意思，所以 a pair of twins 就是四個人。不過，a pair of twins 是一個普通的詞語，意指「兩個是雙胞胎的人」。

☑ 棘手單字怎麼用

a pair of twins 是兩個人，別害怕使用這個詞語，不過還是要注意你的上下文，確定不會造成混淆。問問自己，如果光用 twins 一個字，或是把 twins 改成 two 會不會更清楚？

In the backseat Moose and Squirrel inhabited a pair of six-year-old-**twins**, and wouldn't stop bickering and picking their noses. They were clearly in their element.

在後座，穆斯和史瓜羅佔據一對六歲雙胞胎的軀體，忍不住一直爭吵、挖鼻孔，顯然如魚得水。

——《永野》（*Everwild*）
尼爾·舒斯特曼（Neal Shusterman）著

Unique

獨一無二的

☑ 棘手問題在哪裡

Unique 已經是個極致的字彙，可是還是常常聽到有人再加上修飾語，例如說某某事物 very unique。

文法專家說，unique（獨一無二的）、dead（已死的）、impossible（不可能的）這類形容詞都無法再用比較級或最高級來修飾，也就是說，在程度上已無法再增添一分一毫。如果說某件事已經是 impossible，就不可能 more impossible，因為不可能就是不可能了，程度上增無可增。同理，unique 的意思是「某一類當中只有一個」或「沒有可以相及的」，所以不可能 more unique。因此，雖然常在分類廣告網站、房地產網站、求職廣告上看到 very unique 這樣的形容詞，但這是錯的說法。

不過，形容的程度倒是可以下修。比方說，almost unique（幾乎是獨一無二的）是可以的，就如同你可以形容某事物 almost impossible（幾乎不可能的）、almost dead（垂死的）。

☑ 棘手單字怎麼用

碰到某種東西真的獨一無二時，才用 unique。

Henry Van Statten: Tell them to stop shooting at it!

Diana Goddard: But it's killing them.

Henry Van Statten: They're dispensable. That Dalek's **unique**. I don't want a scratch on its bodywork. Do you hear me? Do you hear me?

亨利·范·史戴頓：叫他們不要再射擊了！

黛安娜·高達：可是就快殺死他們了。

亨利·范·史戴頓：他們並非必要，可是那個戴立克卻是獨一無二的，我不希望它的身上有絲毫的傷痕。你聽到了嗎？你聽到了嗎？

——電視影集《異世奇人》（*Doctor Who*）
柯瑞·強森（Corey Johnson）飾演亨利·范·史戴頓
安娜·路易絲·普羅曼（Anna-Louise Plowman）飾演黛安娜·高達

Until

直到

☑ 棘手問題在哪裡

用來形容截止日期的時候，until 這個字會造成模稜兩可。

如果你要報名參加全國文法日影片比賽，影片提交日期是 until March 4，意思是指 3 月 4 日當天要提交影片，還是 3 月 3 日是接受影片投遞的最後截止期限？很可惜，until 這個字始終並沒有把意思表達清楚。

最叫人緊張的截止日期之一是每年的報稅，美國國稅局甚至還特別指出日期為 April 15 filing deadline includes April 15（四月十五日的期限包含四月十五日），此外，他們也把四月十五日稱為 due date（到期日），而不說是 deadline（截止期限）。

☑ 棘手單字怎麼用

看到 until 請不要假設一定是包含 until 後面接的日期，要不就提早一天遞交，不然就去問清楚。如果你自己要寫個期限讓人遵守，那就寫清楚一點，用 through 這樣的字眼（through March 4 的說法就代表一直到 March 4 當天過完，也就是說，March 4 也包含在內），不然就清楚列出日期跟時間。美國國稅局不會用 until 這種容易模稜兩可的字眼，你也不該用。

The end of the world started when a pegasus landed on the hood of my car. Up **until** then I was having a great afternoon.

世界末日就從一匹飛馬降落在我車子的引擎蓋上開始。在那之前，我有一個超愉快的下午。

——《波西傑克森：終極天神》（*The Last Olympian*）
雷克・萊爾頓（Rick Riordan）著

※ 在這裡，until 是一直到降落的過程。

"But I have to confess, I'm glad you two had at least a few months of happiness together."
"I'm not glad," says Peeta. "I wish we had waited **until** the whole thing was done officially."

「但是我必須坦承，我很高興你們兩個至少共度了幾個月快樂的時光。」
「我可不高興」比德說，「我寧願我們一直等到整件是正式結束之後。」

——《飢餓遊戲 2：星火燎原》（*Catching Fire*）
蘇珊・柯林斯（Suzanne Collins）著

※ 在這裡，until 似乎要一直到事情結束後。

Utilize

利用

☑ 棘手問題在哪裡

有時候用 use 已經可以，但卻有人總要用 utilize。

通常，utilize 都可以用 use 取代，而且不會改變句子的意思，聽起來也比較不乏味。

不過，utilize 還是有它比較適合的使用情況，它比 use 多了一點為了特定目的或利益的意味。譬如，你當然可以說 **use** a camera（使用相機），不過如果說 propagandist **utilize** cameras to influence opinions（宣傳者利用相機來影響輿論）會更具意涵，因為傳達出別有目的之意，已經不只是單單拍照而已。

☑ 棘手單字怎麼用

不要因為 utilize 這個字看起來很炫就用它，如果有疑慮的時候，就用 use。話又說回來，當你很有信心不會有錯的時候，也別害怕使用 utilize。

Because we humans are big and clever enough to produce and **utilize** antibiotics and disinfectants, it is easy to convince ourselves that we have banished bacteria to the fringes of existence. Don't you believe it. Bacteria may not build cities or have interesting social lives, but they will be here when the Sun explodes. This is their planet, and we are on it only because they allow us to be.

由於我們人類夠偉大也夠聰明，能製造且利用抗生素和消毒藥，所以我們很容易說服自己說，我們把細菌趕盡到快要無法生存。千萬別相信這一套。細菌或許不會建造城市，也沒有有趣的社交生活，但是就算太陽爆炸了，牠們還是會在這裡。這是牠們的星球，而我們之所以能在這裡，完全是因為他們允許我們在這裡。

——《萬物簡史》（*A Short History of Nearly Everything*）
比爾‧布萊森（Bill Bryson）著

Verbal

口述的

☑ 棘手問題在哪裡

Verbal 不只可以代表「書寫的」，也可以代表「口述的」。

你或許很驚訝 verbal 除了代表「口述的」（spoken），竟然還是「書寫的」（written），更令人驚訝的是，有些人認為絕不可用 verbal 來代表「口述的」，而應該用 oral 才對。

雖然用 verbal 來指涉「書寫的」為正統用法，但是從歷史及一般的語言使用來看，也不能說 verbal 就不能代表「口述的」。事實上，從名言語錄中要找出 verbal 代表「口述」較為容易，比代表「書寫」還多。此外，用來代表「口述」的意思實在太普遍，如果你用來說明「書寫的」，有些讀者可能還反倒會一頭霧水。

☑ 棘手單字怎麼用

如果喜歡這用法，還是可以用 verbal 來代表「書寫的」，但是務必要確定上下文夠清楚明白，如此就可以放膽把 verbal 用於代表「口述的」。

The real history of Africa is still in the custody of black storytellers and wise men, black historians, medicine men: it is a **verbal** history, still kept safe from the white man and his predations. Everywhere, if you keep your mind open, you will find the words not written down.

非洲真正的歷史仍然監控於黑人說書人和智者、黑人史學家、醫學人員手上：這是一本口述歷史，仍然免於白人的傷害與掠奪。不管到哪個地方，只要你敞開心胸，就一定能找到沒被寫下來的字句。

——《金色筆記》（*The Golden Notebook*）
諾貝爾得主多麗絲‧萊辛（Doris Lessing）著

Website

網站

☑ 棘手問題在哪裡

一般而言，人們都會用 website 和 Web site 兩種寫法。

最初分開的複合字常常會隨著時間而連起來，所以雖然在網際網路問世之初，Web site 是比較常見的用法，而且當時我們才剛開始提到網路上出現的那些網站，不過，現在連起來的 website 也已經成為一般建議的拼法。

你可能很納悶，為什麼 Web site 是大寫，而 website 是小寫。這無關網際網路的新舊與重要性，而是基於英文一般的大寫規則：提到專有名稱時會用大寫，而大部分資料都同意 Web 是個實體，亦即 World Wide Web（全球資訊網）的簡稱，由無數檔案所組成，而我們可以利用 HTTP 協定在網路上取用這些檔案。這世界只有一個 Web，名稱就叫做 Web，是個專有名詞。話又說回來，Web 上面有數百萬（或無限多個？）網站，所以 website 只是一個普通名詞。

不過，Web 該不該大寫也有爭議。《芝加哥寫作格式手冊》以前建議使用 Web，不過最近在最新的十六版當中，已更改建議使用 web，理由是他們認為 web 現在已經成為一個通稱（也就是說不是專有名詞）。目前為止，《芝加哥寫作格式手冊》的意見還算是異類，不過未來的確還有改變的可能性。

☑ 棘手單字怎麼用

　　大部分寫作指南都建議使用 website，所以就請這麼用，除非你服務單位的編輯另有要求。

The **website** didn't say how much brains—or even how many—I should eat, only that I should eat them in 48 hours OR ELSE. Why doesn't anyone pay attention to details anymore? Would it be so hard to add a simple line like, BTW, Maddy, 3 pounds of brains per week is plenty? Seriously, am I the first new zombie ever to ask?

網站沒有說我該吃多少腦——或甚至幾個也沒有說——只說反正我得在四十八小時內吃掉。為什麼再也沒有人要多留意細節了？加一小句話有這麼困難嗎？譬如加一句：對了，美蒂，每週吃三磅腦就夠了。
說真的，我是第一個問這個問題的新手殭屍嗎？

——《殭屍不哭》（*Zombie Don't Cry*）
路斯提．費雪（Rusty Fischer）著

While looking at a **website** for liposuction, I learned that it was a six-to-eight-week recovery period, the clincher being that, during that time, I would under no circumstances be able to use street drugs. Obviously I had to think of a more realistic approach.

查網站找抽脂資料時，我發現恢復期要六到八個禮拜，在那段時間，我沒有任何理由可以使用非醫療用藥。顯然我得考慮更實際可行的方法。

——《我用青春買醉》（*Are You There, Vodka? It's Me, Chelsea*）
雀兒喜．韓德樂（Chelsea Handler）著

Whet

磨利

☑ 棘手問題在哪裡

Whet 跟 wet 常會搞混。

Whet 的意思是「磨利，刺激」，譬如 whet a blade（磨刀）或 whet your appetite（刺激你的食慾），可是人們常常錯寫成 wet your appetite，可能是因為想到刺激食慾的時候就會想到流口水，或是跟 wet your whistle 這個片語搞混了，wet your whistle 是指「喝杯酒」。此外，更容易令人搞混的是，《牛津英文字典》竟還說 wet your whistle 有時候也可寫成 whet your whistle。

☑ 棘手單字怎麼用

請記得正確的片語是：whet your appetite（刺激食慾）以及 wet your whistle（喝杯酒）。

快速記憶撇步

這麼記憶最快速！當你想要說「刺激食慾」的時候，必須用一把磨利的刀（whetted knife）來切上等的肉品。如果你吃素，那就想像拿一把磨利的刀來切南瓜，因此「刺激食慾」為 whet your appetite 這個片語。

No doubt the murderous knife was dull before it was
whetted on your stone-hard heart.

毫無疑問，那把兇刀原本是鈍的，是用你的鐵石心腸才磨利的。

——電影《理查三世》（*Richard III*）
安娜特・班寧（Annette Bening）飾演伊莉莎白女王（Queen Elizabeth）

While

當

☑ 棘手問題在哪裡

有些人認為 while 不該當做「雖然」。

while 帶有時間的意思，例如：「當……的時候」、「在此同時」、「一段時間」，不過，while 還有另一個意思（這個意思常會引人動怒）：while 可以當 although（雖然，儘管）或 whereas（而，反之）的同義字。

雖然 while 完全可以這麼用，但是偶爾會造成模稜兩可，比方說，如果你說 While Squiggly is yellow, Aardvark is blue.，別人不會知道你是要比較這兩個角色的顏色，還是指只有在 Squiggly 是黃色的時候，Aardvark 才會是藍色的這種狀況。碰到這種情況時，就必須改用 although（雖然）或 whereas（反之），才不會造成模稜兩可。

☑ 棘手單字怎麼用

在你自己的書寫中，你大可把 while 只限定於時間上的使用，不過如果別人選擇用於比較廣義的意思時，你也別去糾正。

Any man who can drive safely **while** kissing a pretty girl is simply not giving the kiss the attention it deserves.

一個男人如果可以一面安穩地開車又一面親吻一位美女，那他一定沒有認真地親吻。

——亞伯特‧愛因斯坦（Albert Einstein）

Just so you know, **while** there are few things I consider sacred, the back of the limo is one of them.

順便跟你說一聲，雖然我認為神聖的東西不多，不過豪華轎車的後座就是其中之一。

——電視影集《花邊教主》（*Gossip Girl*）
艾德‧威斯維克（Ed Westwick）飾演恰克‧貝斯（Chuck Bass）

Whom
誰

☑ 棘手問題在哪裡

不斷有作家預言 whom（who 的受格）總有一天會不復存在。然而，雖然很少人知道該如何正確使用 whom 這個字，但目前它還是繼續存在於語言中。

許多語言愛好者都屈從於一個建議：應該要揚棄 whom 這個字。可是，這種建議或預言至少早在十九世紀末期就存在至今，而且 whom 常常被 who 取代，就連飽讀詩書、富裕之士也這麼做，尤其在口語上尤為普遍。

在視覺字庫網站（Visual Thesaurus）2008 年的一組文章中，就連《巴爾的摩太陽報》（*The Baltimore Sun*）當時的副總編約翰·麥金泰爾（John McIntyre）——曾擔任美國文稿編輯協會（American Copy Editors Society）會長，也曾大力擁護 whom ——也只能無關痛癢地為 whom 捍衛幾句：「目前看來，雖然 whom 曾有過黃金時期，但現在正在消逝、消逝，只是還沒完全消失。」（For now, **whom**, though it may have seen its best days, is going, going, but not quite gone.）

至少一百五十年前就有人開始預言 whom 將死，但這個字仍然繼續苟延殘喘，你還是應該知道這個字的使用規則並盡量遵守。短期內，寫作指南不太可能直接就棄守 whom，如果你用錯這個字，還是會有不少人會氣沖沖寄電子郵件給你，用紅筆把你的文章出錯處圈起來給你看。

☑ 棘手單字怎麼用

書寫時，請遵照以下規則，除非這寫法真的令你覺得矯揉造作般地不舒服。如果是句子的主詞就用 who，如果是句子的受詞就用 whom，或是接在介系詞後面的受詞也用 whom，例如接在 for、of、with 後面的狀態。

Nancy: [after seeing that the house is now fully secured] Mother! What's with the bars?
Marge: Security.
Nancy: Security? Security from what?
Marge: Not from what, from **whom**.

南西：〔看到房子已經完全做好保全之後〕媽！這門子是做什麼的？
瑪姬：為了安全防護。
南西：安全？防什麼？
瑪姬：不是防什麼，是防誰。

——電影《半夜鬼上床》（*A Nightmare on Elm Street*）
海瑟・拉吉坎普（Heather Langenkamp）飾演南西（Nancy）
朗妮・布萊克莉（Ronee Blakley）飾演瑪姬（Marge）

快速記憶撇步

簡單來說，只要你可以用 him 來回答某個句子，那就該用 whom。

例如：[Who / Whom] should we invite to the party? We should invite him.（我們該邀請誰來參加派對？我們該邀請他。）因此答案是 whom。又一例說明，[Who / Whom] is bringing the cake? He is bringing the cake.（誰會帶蛋糕來？他會帶蛋糕來。）正確答案是 who。

Wool

毛線

☑ 棘手問題在哪裡

由於名詞 wool（毛線，毛織品）已經有個對應的形容詞 woolen（羊毛製的），所以有些人認為用 wool 來當形容詞的用法是不對的，例如 a wool sweater（毛線衣）或 a wool jacket（羊毛外套）等。

在英文裡，名詞常會扮演形容詞的角色，這時候，我們會稱之為「歸屬名詞」（attributive noun）。比方說，*California* style include many things: *tree* farms, *cotton* clothing, and *avocado* sandwiches.（加州式風格包括很多元素：林場、棉製服飾、酪梨三明治。）以上句子中的粗斜體文字都是所謂的歸屬名詞。

並不是所有名詞都有相對應的的形容詞，比方說，如果要形容棉料襯衫或羊毛外套，就只能用 cotton（棉）和 fleece（羊毛）。而因為 wool（毛織品）和 silk（絲織物）有對應的形容詞 woolen（羊毛製的）和 silken（絲製的），所以使用的時候就得選擇是要用形容詞還是歸屬名詞，用 silken scarf（絲巾）、woolen sweater（羊毛衣），或是 silk scarf、wool sweater 都可以。在 1970 年代以前，wool 和 woolen 在使用頻率上是平分秋色，不過現在 wool 比 woolen 用得更多。

☑ 棘手單字怎麼用

請放心把名詞 wool 和 silk 當形容詞用。

Feds aren't like that. Feds are serious people. Poli-sci majors. Students council presidents. Debate club chairpersons. The kinds of people who have the grit to wear a dark **wool** suit and a tightly buttoned collar even when the temperature has greenhoused up to a hundred and ten degrees and the humidity is thick enough to stall a jumbo jet. The kinds of people who feel most at home on the dark side of a one-way mirror.

聯邦調查局的人可不像那樣,他們是嚴肅的人,主修政治學,學生會會長,辯論社主席,是那種即使氣溫因溫室效應而高達一百一十度、濕度大到足以讓噴射客機熄火,也有膽量穿上黑色羊毛西裝、衣領緊緊扣上的人,是那種處在單向鏡黑暗那一面最感到自在的人。

──《潰雪》(*Snow Crash*)
尼爾‧史蒂芬森(Neal Stephenson)著

Wrong

錯誤的

☑ 棘手問題在哪裡

有些人認為 wrong 不可以當副詞用。

Wrongly 只能當用副詞用，而且最常出現在新聞中，如 wrongly arrested（逮錯人）、wrongly jailed（冤獄）、wrongly convicted（罪刑誤判）、wrongly released（縱放人犯）。

有些人認為，既然已經有 wrongly 這個副詞，那應該就只能用這個了嗎？錯！wrong 也可以當副詞，甚至可以當名詞、動詞、形容詞，要用「錯」其實相當容易。

通常，wrong 放在動詞後面是正確的，例如 gone wrong（出差錯）、heard wrong（聽錯）、You're doing it wrong.（你做錯了。）而 wrongly 要放在動詞前面才可以，例如 wrongly accused。

☑ 棘手單字怎麼用

別害怕把 wrong 當副詞用，相信自己的耳朵聽到的吧！

Dewey Bozella—who was **wrongly** jailed for 26 years—won his first professional boxing match since being let out of prison for a murder he didn't commit.

杜威・波澤拉——他坐了二十六年的冤獄——從他根本就沒犯的殺人冤獄中釋放後，贏得他第一場職業拳擊賽的勝利。

——《大都會部落格》（*Metro*），愛蜜莉・修伊特（Emily Hewett）

Sometimes I lie awake at night, and I ask, "Where have I gone **wrong**."
Then a voice says to me, "This is going to take more than one night."

有時候，我在夜裡清醒地躺著，我問：「我哪裡錯了」。
然後一個聲音對我說：「要花不只一個晚上才說得完。」

——漫畫全集《花生》（*Peanuts*）[32]
查理・布朗（Charlie Brown）一角所說
查爾斯・舒茲（Charles M. Schulz）著

---

32 即全球風行、眾所周知的美國史努比漫畫，作者舒茲將其對社會和生活體驗濃縮於漫畫角色中，故事中充滿幽默的人生哲理、激勵人心的正面思考，以及小孩所看到的人性缺點及種種社會現象。

You and I
你和我

☑ 棘手問題在哪裡

Between you and I[33] 這種說法在流行文化裡實在太普遍，導致人們越來越搞不清楚正確的說法為何。

在介系詞片語中，接在介系詞（例如 between、of、about）後面的代名詞一定都是受格地位，也就是說，正確的用法應該是 between you and me，可是大家似乎很難記住這條規則。

糟糕的是，流行歌曲若也一直搞錯用法，就更會造成大眾的混淆。比方說，潔西卡‧辛普森（Jessica Simpson）就唱了一首名為 Between You and I 的歌曲。其實，由於接在介系詞 between 後面，應該是 You and Me 的說法才對。2010 年的奧運主題曲的歌詞中也有這樣一句 I believe in the power of you and I.（我相信你和我的力量。）應該改成 you and me 才對，因為是接在介系詞 of 後面。還有，布萊恩‧亞當斯（Bryan Adams）也寫過 That would change if she ever found out about you and I.（要是她發現你和我，一切就會不一樣。）的歌詞，這也應該改成 you and me 才對，因為是接在介系詞 about 後面。

其實，這種代名詞的錯亂並非只會出現在介系詞片語中，而是常見的錯誤。比方說，女神卡卡（Lady Gaga）就寫過：You and me could write a bad romance（你和我可能會譜出一段孽緣），應該改成 you and I could write a bad romance 才對，因為這裡的代名詞是放在主詞的地方。

☑ 棘手單字怎麼用

請記得，在介系詞後面要用受格，例如 me、him，正確的用法是 between you and me。

Penny: This is **between you and me**. You can't tell Leonard any of this.

Sheldon Cooper: You're asking me to keep a secret?

Penny: Yeah.

Sheldon Cooper: Well, I am sorry, but you would have had to have expressed that desire before revealing the secret, so that I could choose whether I wanted to accept the covenant of secret-keeping. You can't impose a secret on an ex-post-facto basis.

佩妮：這是我們之間的秘密，你不能跟李奧納德透露一絲一毫。

薛爾登‧庫柏：妳是要我保守秘密嗎？

佩妮：是啊。

薛爾登‧庫柏：這個嘛，很抱歉，妳應該在透露秘密之前先講清楚才對，這樣我才能選擇要不要答應保守秘密。妳不能用溯及既往的方式來強迫我聽秘密。

——電視影集《生活大爆炸》（*The Big Bang Theory*）凱莉‧庫可（Kaley Cuoco）飾演吉姆‧帕森斯（Jim Parsons）

---

33 Between you and me 字面上直譯為「在你和我之間」，引申之意為「你我之間的秘密」、「不為第三人所知」。

Notes

....

....

....

....

....

....

....

....

....

....

....

....

....

....

國家圖書館出版品預行編目資料

新文法女王秘密筆記：101個棘手但你一定要搞懂的關鍵字彙/蜜妮安・
福格蒂（Mignon Fogarty）著；林錦慧譯
-- 初版 . -- 臺北市：秋雨文化 , 2013.05
　　204 面；14.8×21 公分
　　譯自：Grammar Girl's 101 troublesome words you'll master in no time
　　ISBN 978-986-7120-62-5（平裝）
　　1. 英語　2. 詞彙
805.12　　　　　　　　　　　　　　　　　　　　　　102007656

EA 008

新文法女王秘密筆記：
101 個棘手但你一定要搞懂的關鍵字彙

作　　者 / 蜜妮安・福格蒂（Mignon Fogarty）
譯　　者 / 林錦慧
責任編輯 / 陳柚均
設　　計 / 曾瓊慧

出　　版 / 秋雨文化事業股份有限公司
董 事 長 / 張水江
總 經 理 / 胡為雯
主　　編 / 張筱勤
編　　輯 / 陳柚均
　　　　　林愷芯

電　　話 / (02) 2321-7038
傳　　真 / (02) 2321-7238
網　　址 / www.joyee.com.tw
地　　址 / 台北市中正區新生南路一段 50 號 2 樓 200C 室

經 銷 商 / 易可數位行銷股份有限公司
電　　話 / (02) 8911-0825
傳　　真 / (02) 8911-0801
地　　址 / 新北市新店區寶橋路 235 巷 6 弄 3 號 5 樓
印　　刷 / 長榮國際股份有限公司
出版日期 / 2013 年 5 月初版一刷
定　　價 / 220 元
I S B N / 978-986-7120-62-5

Grammar Girl's 101 Troublesome Words You'll Master in No Time
Text Copyright © 2012 by Mignon Fogarty
Published by arrangement with St. Martin's Press, LLC. All rights reserved.
This edition published by arrangement with St. Martin's Press LLC through
Andrew Nurnberg Associates International Limited.